집다운 집

003

집다운 집

내가 살 집을 선택하는 특별한 기준

송멜로디 · 요나 · 무과수 · 진명현 지음

arte

집의 의미

조재원

(건축가, 공일스튜디오 대표)

건축가로 독립해서 처음으로 실현한 건축물은 '집'이었다. 첫 작업의 기회를 애타게 기다리던 내게 미국에 거주하는 고모와 고모부가 신혼여행지였던 제주에 세컨드하우스를 의뢰하셨다. 땅을 구해 설계를 하고, 시공감리를 마친 완공 이후엔 제재소에서 삼나무를 사다가 말려서 가구까지 제작해 채운, 마치 내 집처럼 계획하고 지은 집이었다. 계획의 대상이자, 일로 만나는 '집'과 '집 짓기'에서 일상과 삶 전체를 관통하는 성찰 과정으로서의 '집'과 '집 짓기'까지 한 번에 경험할 수 있었던 소중한 학습의 기회이기도 했다. L자가 떠 있는 모양이라고 해서 '플로팅엘', 전면 벽이 현무암으로 마감되어서 '제주돌집'이라고도 불러온 집은 어느새 지어진 지 10년 된 성숙한 집이 되었다. 이 집을 짓고 제주를 오가는 10년 동안 제주는 섬 전체가 들썩일 만큼 큰 변화를 겪었고, 내게 설계를 의뢰해주셨던 고마운 고모부도 돌아가셨다. 건축가인 나나 내게 있어서의 '집'의 의미, 그리고 집의 사회적 의미도 많은 변화가 있었다.

서울의 위성도시를 고향으로 둔 나는 늘 부모님 집을 근거지로 두고 필요에 따라 서울에 베이스캠프를 차리는 방식으로 거주해왔다. 대학 때 작업실을 친구들과 공유하면서 본가에서 독립하여 처음 내 공간을 가진 이후, 여러 주거 공간에 살다가 본가로 돌아가기를 반복했다. 임시가 아닌 '내 집'이라고 할 만한 공간을 갖게 된 건 최근이다. 그전까지 때로는 사무실과 집이 합쳐질 때도 있었고, 셰어하우스에 입주해 살기도 했고, 친구의 집에 방 하나를 얻어 살기도 하는 등, 내게 집은 그때그때의 내 삶을 담는 편리한 그릇에 가까웠다. 소유를 동반한 안정된 주거를 향한 결핍이 없지 않았지만, 그것을 덜 수 있었던 데에는 소유와는 관계없이 어느새 반쯤은 내 마음의 집이 된 제주돌집의 영향이 컸다. 고모와 고모부가 1년에 한두 달씩 머무실 뿐, 주로 머물며 가꾸고 정성을 들이는 사람은 나였기 때문이다.

재화로서의 가치가 아닌 거주하는 경험만으로 마음에 자리 잡은 '집'을 삶의 일부로 갖게 되면서, 나는 집에 대해 훨씬 자유로운 상상을 하게 되었다. 아파트냐 주택이냐, 자가냐 전세냐 월세냐의 구분으로 범주화하는 집이 아닌, 거주 경험으로서의 '집', 개인의 필요에 따라 조합되는 '집', 복수의 '집'이 가능하지 않을까라는 가설 아래 새롭게 열리는 '집'의 가능성들을 생각했다. 물론 여기에는 내가 비혼이자 자영업자로서 거주의 입지나 환경을 혼자 결정할 수 있는 비교적 자유로운 조건에 있다는 점도 분명 작용했다. 하지만 나의 조건이 특수하고 예외적이라는 데 머무르지 않고 점점 보편화되고 있는 변화의 추세라는 점은 건축가로서 이

가능성들을 탐구하는 동력으로 이어졌다.

셰어하우스 '통의동집'에 입주한 것은 필요에 의해서이기도 했지만, 계획을 통해 추상적으로 논하던 공유나 공동체를 직접 살아봐야겠다는 생각이 커서였다. 청소년기 이후로는 한 동네에 오래 살아본 적이 없고, 본가를 잠만 자는 곳으로 두고 생활하던 나는 개인 일상에서 얼굴을 기억하는 이웃 한 사람, 단골 가게 하나가 없었다. 그러면서 건축가로 주거를 이야기할 때 '공동체', '마을', '공유'의 가치를 논하는 것에 모순을 느낀 것이다. 셰어하우스에서의 거주는 '공유'나 '공동체'가 누구나 지향해 마땅한 당위적인 가치가 아니라, 오히려 현대의 대도시에 거주하기 위해 어쩔 수 없이 넓혀야 하는 현실적인 선택지라는 점을 깨닫게 해주었다. 그렇기 때문에 공유를 통해 느슨하거나 또는 밀접하게 공동체가 형성되고 긍정적으로 작동하기 위해서는, 공유 공간과 사유 공간 사이에 구성원 개개인이 정서적이고 실질적인 필요로 열고 닫을 수 있는 여러 겹의 섬

세한 경계가 필요하다는 것을 체감했다. 막연한 두려움과 막연한 기대가 엉켜 있는 이 경계를 통해 개인의 일상이나 사회적인 삶이 변화할 수 있다는 가능성 또한 살아보지 않고서는 몰랐을 것이다.

제주돌집으로 시작된 나의 집에 대한 탐구는 실제 주택의 설계 이외에도 몇 가지의 실험적인 프로젝트로 이어졌는데, 그중 하나가 '레고하우스'°다. 때는 아파트의 가격 상승의 기대가 꺾이고, 땅콩주택으로 집 짓기 열풍이 막 시작되었을 무렵이었다. 주택 설계를 상담하러 사무실을 찾는 의뢰인 중 많은 분들이 시공비만으로도 빠듯한 예산을 가지고 있었다. 설계비를 따로 부담하기 어려운 사람들에게 유일무이한 설계안은 아니더라도 나만의 고유한 집을 지을 수 있도록 하는 해법이 있을 수 있지 않을까 해서 생각했던 것이 레고하우스다. 마치 똑같은 레고 블록들이 어떻게 잇고 쌓

○   2013 경향하우징페어, 일산 킨텍스, 2013년 2월.

집의 의미

느냐에 따라 다른 형태를 구축하듯, 공장에서 70퍼센트 이상 제작한 5평, 10평, 15평의 표준 집의 블록을 땅의 모양, 각자의 필요에 맞게 선택하여 대지에 데크로 잇거나 배치하여 자기만의 집을 지을 수 있다는 생각을 전시로 구현한 것이다. 각 평수의 타입마다 몇 가지의 분화된 유닛 설계를 하고 유닛들을 연결할 수 있는 다양한 배치안을 범례로 제시한 프로젝트였다. 목조 시공사와 협력해서 5평 유형의 집을 실제로 제작해서 설치하고, 계획안을 전시하면서 주문판매를 실험했다. 아쉽게도 한 채도 팔리지는 않았다.

그다음 프로젝트는 역시 전시를 통해 선보인 '우연한 공동체의 복덕방'°°이다. 설계했던 공유오피스 '카우앤독'이 막 오픈했을 때였고, 셰어하우스에 입주해 거주할 때이기도 했다.

철저히 시장에 편입된 일과 삶의 물리적 환경에서 '공유'의 방식으로 우리가 회복할 수 있는 가치는 무엇일까? 상상을 크게 키워서, 집이 도시에 흩어져 존재하는 여러 공유 플랫폼의 가상 조합으로 대체될 수 있다면 어떤 집이 가능할까? 그것이 이 프로젝트가 던지는 질문이었다. 도시가 허락하는 가장 작은 방만을 점유하면서, 공유 주방이나 시간제 임대가 가능한 모임 공간 등으로 주방과 거실을 대체하고, 책을 맡기고 서가를 공유하는 '국민도서관 책꽂이' 같은 플랫폼을 통해 공동의 서가를 갖추고, 공유차로 자가용과 주차장을 대체하는 식으로 누구나 자기만의 가상의 '집'을 구축할 수 있다고 상상해보았다. 각각의 공유 플랫폼을 통해 재화나 서비스를 공유하는 사람들 사이에 느슨하고 우연한 공동체가 형성되리라는 생각이 전제되어 있었다. 전시에서는 거주 공간을 대체할 수 있다고 여겨지는 여러 플랫폼 서비스들을 소개하고, 이들의 온라인 링크를 모아 웹사이트를 구축해 '우연한 공동체의 복덕방'이라 명명했다. 전시 기간 동안 테이블과 의자로 구성된 전시 공간을 누구나 모임 공간으로 사용할 수 있

○○ 협력적 주거공동체(Co-living Scenarios)전, 서울시립미술관, 2014년 12월~1월.

도록 유휴 공간 공유 플랫폼 엔스페이스를 통해 개방하기도 했다.

  최근 열아홉 분의 할머님을 모실 양로원을 계획하며 새롭게 얻게 된 집에 대한 인사이트는 아직도 내게 묵직하게 남은 풀리지 않은 숙제다. 이 프로젝트 이전에는 양로원을 집이라고 인식해본 적도 없다는 것을 고백한다. 할머님들과 말씀을 나누면서 길게는 30년 가까이 양로원에서 살아오셨다는 이야기를 듣고 그제야 이곳이 '시설'이 아닌 '집'이로구나 하고 가슴 서늘함을 느꼈다. 지금껏 집은 일을 하고, 아이를 교육하고, 사회가 필요로 하는 노동을 재생산하기 위한 전초기지라고 생각해왔다. 그리고 '어떻게 살아야 할까'라는 관점에서 집에 대한 질문을 새로 쓰고 답하려 노력해왔다. 양로원을 설계하면서는 '어떻게 죽어야 할까'라는, 우리 삶의 반 혹은 전부일 수 있는 질문에 응답하는 거주 공간에 대한 숨겨진 질문을 맞닥뜨리게 되었다. 길게는 생애의 반을 거주해야 할지도 모르는 이 집에서는 개인에게 허용된 자기만의 공간은 돌봄이 닿을 수 있는 만큼으로 제한된다. 나답게 살고 싶은 집은 개인이 지을 수 있지만, 나답게 죽을 수 있는 집은 개인이 지을 수 없고, 공동체의 힘으로만 지을 수 있다.

몇 년 전 나이와 성별과 직업이 모두 각양각색인 백 명의 사람들과 함께하는 2박 3일의 언컨퍼런스에 참가한 적이 있다. 첫날 밤 각자 소개를 하는 자리에서 놀랍게도 수많은 참가자들이 한 목소리로 가장 고민하고 있는 것이 '부동산'이라고 했다. 일하는 공간과 사는 공간을 확보하는 일, 개인의 몫으로만 귀결되어서는 안 되는 고민을 각자 무겁게 짊어지느라 목표를 향해 가는 여정이 배로 느리고 힘들겠구나 공감하며, 각자가 처한 난처함을 어떻게 대응하고 있는지 서로 묻고 답했다. 공간을 찾고 만들고 이웃을 만드는 모든 과정이, 일을 만들며 살아가는 자기 정체성의 자연스런 일부라는 것을 체득한 사람들이 지혜를 나누는 자리이기도 했다.

우리가 회복해야 할 거주의 가치로 공동체와 마을을 언급하곤 하지만, 과연 과거의 공동체, 과거의 마을이 필요한 걸까. 나는 아니라고 생각한다. 우리가 함께 꿈꿀 그곳은 거기에 없다. 새롭게 상상하고 새롭게 만들어야 할 뿐이다.

여기 네 사람이 그리는 각자의 '집다운 집'에 대한 이야기가 있다. 네 사람이 애써 묻고 답했듯 우리 모두 스스로에게 물어야 한다. 내게 '집다운 집'이란 무엇인가. 그것을 다른 이가 대신 묻고 답을 찾도록 맡겨둘 수는 없다. 이 질문은 나다운 삶은 무엇인가에 대한 것이기 때문이다.

차례

아주 특별한 집들이 #무과수의집

·

무과수

어느 동식물원 연대기

·

진명현

삶의 공간을 나누는 집

·

송멜로디

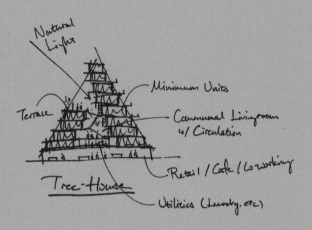

Natural
Light

Terrace

Minimum Units

Communal Livingroom
w/ Circulation

Retail / Cafe / Co-working

Tree-House

Utilities (Laundry, etc)

송멜로디

Melody Song

건축가입니다. 뉴욕대에서 인류학을, 예일대 건축대학원에서
코리빙co-living 건축을 주제로 공부했습니다.
코오롱하우스비전의 크리에이티브디렉터로 일하며
역삼동의 공유주택 '트리하우스'를 설계했습니다.
뜻이 맞는 친구들과 함께 '보다bo-daa'라는
디자인 및 부동산 개발 스튜디오를 만들어 활동하고 있습니다.
어떻게 함께 살아갈지에 대해서 생각하고,
다양한 삶의 형태에 맞는 공간에 대해 고민합니다.
앞으로도 다양한 코리빙 공간을 만들고 싶습니다.

코리빙,
어떻게 살 것인가를
묻다

코리빙, 최근 들어 자주 듣게 되는 단어입니다. 1인 주거 시대의 대안으로 주목받고 있죠. 그런데 코리빙하우스와 셰어하우스는 어떻게 다른가요?

셰어하우스가 일반적인 구조의 집에서 자기 주거 공간을 다른 사람과 공유하는 형태라면, 코리빙하우스는 애초부터 공동 주거 공간을 목표하고 만든 곳으로, 공용 공간만을 공유하는 방식이라고 생각하면 될 거예요.

언제부터 코리빙 건축에 관심을 갖게 됐나요?

원래는 건축에 전혀 관심이 없었어요. 인류학을 공
부했는데, 한번은 공원에 가서 사람들을 관찰하라
는 과제를 받았어요. 큰 공원에 나가 보니 탁 트인
공간에는 강아지를 데리고 나와서 공을 던지는 무
리가 있고, 또 어느 한쪽에는 가족들이 모여서 시
간을 보내고 있고, 펜스가 망가져 있거나 그늘진
곳에는 노숙자들이 몰려 있었어요. 나무나 벤치, 울
타리의 배치 형태와 조건에 따라서 그 나름의 생태
계가 있더라고요. 공간 속에서 형성되는 관계들이
흥미로웠어요. 그때 처음으로 건축에 관심을 갖게
됐어요.

공간이 만들어내는 관계에 관심을 가지셨군요. 이런 관심이 바
로 코리빙 건축에 대한 관심으로 이어지지는 않았을 것 같은데.

돌로레스 헤이든Dolores Hayden 교수가 여성운동과 집
에 대해서 연구한 책 『위대한 가정 혁명The Grand
Domestic Revolution』을 보면서 첫 단추가 끼워졌어요.

도시가 생겨나던 19세기 말에 여성 운동가들이 설계한 부엌이 없는 집과 공동육아의 공간적 형태, 그리고 집안일의 서비스화를 예측했던 운동가들의 역사를 볼 수 있었어요. 개인 공간과 공공 공간의 구분, 소유 방식, 공간을 어떻게 사용할 것인지 지정하는 방식 등이 경제와 사회의 틀을 만든다는 것을 배웠습니다.

그 후 예일 디자인 스튜디오에서 피에르 비토리오 아우렐리Pier Vittorio Aureli 교수로부터 질문을 받게 되었어요. 현대 도시의 주요 주거 분자가 핵가족이 아닌 '개인'일 경우, 도시의 새로운 구성과 모습은 어떨까? 그 대답에 대한 고민을 계속 해오고 있어요.

이전에도 공유주택이 시도된 사례들은 있었잖아요. 공유주택은 어디서부터 출발했다고 볼 수 있을까요?

역사적인 기원을 본다면 아주 먼 옛날부터 존재했다고 봐야죠. 고대에서부터 찾아볼 수 있거든요. 유럽 역사의 가장 첫 번째 도시인 크레타섬의 크노

소스Knossos를 보면, 10만 명의 인구가 하나의 벽체를 이루는 거대한 집 안에서 생활했어요. 하나의 집이 하나의 도시인 형태였죠. 터키의 차탈회위크Çatalhöyük(터키 남중부 중앙아나톨리아 지역의 신석기 시대 초기 도시 유적) 역시 한 마을 전체가 다닥다닥 붙어 있는 모습이에요. 재미있는 건 사적인 공간은 지하에 있었고, 옥상은 마켓이 서거나 정치 활동이 이루어지는 등 공적인 공간으로 활용되었죠.

현대로 넘어와서, 도시가 형성되면서 19세기 초 프랑스 샤를 푸리에Charles Fourier는 1,500명이 함께 생활하는 유토피아 '팔랑스테르Phalanstère'를 꿈꿨고, 19세기 말에 장 바티스트 고댕Jean-Baptiste Godin은 이를 실행에 옮겨 북프랑스에 있는 자신의 공장을 위한 소셜 팰리스, 파밀리스테르Familistère를 만들었어요. 1,200명에 달하는 사람들이 거주하고 학교와 식당과 개인 공간도 갖춘, 어찌 보면 정말 유토피아 같은 공간을 만든 사례였죠.

20세기 들어서는 아파트형 호텔들이 많이 생겨났어요. 투숙객 각각의 개인 공간들이 나란히 붙어 있으면서, 다이닝홀이 있고, 청소 서비스도 함께 받았어요. 지금의 코리빙 모델과 비슷하다고 볼 수 있죠. 이를테면 1940년대에 뉴욕 할렘에 있던 호텔 테레사는 조 루이스 같은 유명 운동선수, 엘라 피츠제럴드나 냇 킹 콜 같은 음악가들의 거주지이자 모임 장소였습니다. 호텔 1, 2층의 근린생활시설 내에 정치운동가 말콤 X가 사옥으로 사용한 공간도 있고요. 함께 살아가는 것이 정치나 문화예술에 큰 도움이 될 거라는 것을 그들은 알고 있었던 거예요. 싱글 여성들이 평판에 대한 염려 없이 혼자 거주할 수 있었고, 자신의 라이프스타일이나 일을 중시하는 사람들이 서로 어깨를 부딪으며 다양한 가십거리를 들으며 살 수 있는 곳이었어요.

또 다른 예는 맨해튼의 첼시 호텔인데, 1960년대에 앤디 워홀, 오 헨리, 유진 오닐 같은 당대의 예술가들이 장기 투숙했고, 그 안에서 혁명적인 문화 예술이 많이 탄생했죠. 이곳 또한 싱글 여성들이 살아도 손가락질 받지 않고, 가사 노동에서 해방되니 자기 일에 더 집중할 수 있었죠. 마음 맞고 재미있는 사람들이 모여서 항상 유희와 예술적 영감이 넘쳐나니까, 거기서 새로운 문화의 확산이 이루어졌고요.

그렇게 보면 코리빙이 결코 갑자기 나타난 현상이 아니로군요.

맞아요. 오히려 지금의 서울처럼 아파트 단위로 집을 소유하고 사고파는, 이런 구조가 더 얼마 안 된 현상이죠.

코리빙 건축을 하시는 이유가 궁금합니다.

조금 긴 설명이 될 것 같은데요. 집에는 아주 많은 것이 얽혀 있어요. 어쩌면 우리는 집이라는 것 자체에 얽매여 사는 것 같아요. 저는 집과 연관된 것들을 하나하나 다시 생각해보고 싶었어요. 아주 당연하게 여기는 것들에 대해서, 그런데 왜 그래야 되지? 꼭 그래야 하나? 이런 질문을 던지고, 도전해

삶의 공간을 나누는 집

볼 수 있는 게 코리빙이라고 생각해요.

지금 코리빙은 단순히 주택 부족이나 높은 임대료를 해결하는 것 그 이상의 물음인 것 같아요. 그건 단지 시작에 불과한 것이고, 사회 안에서 어떻게 관계를 맺고 어떻게 살아가야 할까, 어떻게 함께 살아갈까 하는 것이 저한테는 조금 더 중요한 질문이에요. 아리스토텔레스도 인간은 정치적인 동물이라고 얘기했듯이, 인간은 관계 속에서 생활하는 존재잖아요. 즉 인간으로서 어떻게 살까, 에 대한 좀 더 철학적인 질문인 거죠.

구체적으로 무엇에 대한 질문과 도전인가요?

우선은 집에서의 노동에 대한 거예요. 저는 코리빙이 조금 더 평등한 삶을 위한 방식이라고 생각하거든요.

영어의 '가족family'이라는 단어는 하인이라는 뜻의 라틴어 '파물루스famulus'에서 유래했다고 해요. 곧 가족이란 한 가장에게 속한, 생식生殖에 종사하는 일원들로 구성된 것이었죠. 그래서 고대 그리스에서부터 '집'이란 개념은 생산적·정치적 사회에서 분리된, 생식을 위한 사적인 공간으로 구별되어 있었고, 주로 여자와 노예들이 그 가족 구성원으로 생식에 종사하는 역할을 해왔어요.

이것은 집의 형태에도 그대로 묻어나 있는데, 고대 그리스의 집 형태를 보면 공적인 공간과 사적인 공간으로 나누어져 있어요. 거실이나 응접실처럼 사람들을 마주하는 공적인 공간은 전면에 드러나 있는데, 이는 남자들의 공간이었죠. 부엌이나 아이를 돌보는 곳 같은 여자들의 공간은 뒤쪽에 숨겨졌어요.

현대 사회에도 이런 경향은 그대로 존재해요. 집에서 일어나는 요리, 청소, 육아 등은 생식적인 일로 분리되어 경제적인 가치 평가를 제대로 받지 못해요. 저는 이런 분리에 대해 의문을 갖고 있어요. 생식적인 일은 무엇보다 경제적인 일이라고 생각하기 때문에, 어떻게 하면 이런 문제에서 '집'을 해방시킬 수 있을까 고민하게 돼요.

만약 코리빙이라면, 기존의 4인 가족 위주가 아니라 1인에 포커스를 맞추고 더 많은 사람들과 함께 산다면, 가사 노동은 좀 더 공적인 자리로 나오게 되죠. 그리고 함께하는 가사 노동은 사회적인 활동으로서의 다른 가치를 얻게 되고요. 적어도 숨겨져 있지 않고 겉으로 나오게 되니까 그것만으로도 의미가 있고, 더 건강한 방향이라고 생각해요.

코리빙은 기존의 4인 가족 중심의 주거 형태가 아닌 1인 기준으로 공간을 설정하고 있기 때문에, 거기서부터 고정관념이 깨지는 느낌입니다.

제가 추구하는 코리빙은 단일 가족이 아닌 개개인이 하나의 유닛unit으로 형성되는 구조예요. 1인 개념으로 접근을 하면 많은 것이 달라지죠. 가족 단위의 고정된 역할에서 1인 기준으로 옮겨갈 수 있게 되고요. 가족 구성원으로서, 남성으로서, 여성으로서, 부모로서가 아닌 '나'는 어떻게 살아야 하나의 문제가 되는 거예요. 다시 한번 '1인'에 초점을 맞추면, 사회적으로 고정된 성 역할에서도 한 발짝 벗어날 수 있어요. 코리빙 공간 안에서는 남자의 공간, 여자의 공간이란 구분도 사라지는 거죠.

그런데 가족 단위에는 적용시키기 어려운 주거 형태가 아닌지.

저는 우리에게 더 많은 옵션이 필요하다고 생각해요. 기존의 핵가족 형태에 초점을 맞춘 방식을 없애자거나 해체하자는 게 아니라, 여러 가지 삶의 형태나 관계에 대한 다양한 선택지를 마련하고자 하는 거죠.

그리고 저는 가족 단위에서도 코리빙이 이루어질 수 있다고 생각해요. 사람이 사는 방식이 '모 아니면 도'가 아니라, 소유와 공유의 많은 단계적 옵션이 존재할 거라고 생각해요. 트리하우스와 같은 집도 그 하나의 예시고, 앞으로 미래의 주거 형태들은 굉장히 다양할 거예요.

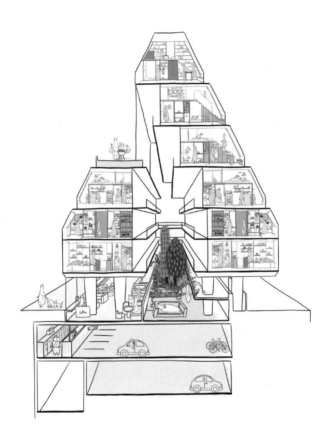

개인실과 공유 공간으로 구성된 역삼동 공유주택 트리하우스의 단면도

그리고 또 다른 측면의 변화는 어떤 게 있을까요?

또 한 가지 던지고픈 질문은 '집을 사는 것'에 대해서예요. 꼭 자기 집을 '소유'해야 하고, 그에 따르는 빚을 떠안아야 하는 것인지. 사실은 임대도 위험부담이 큰 일이라고 생각해요. 노동력이 떨어지면 바로 쫓겨나는 신세인 거니까. 이것에 어떻게 새롭게 도전할 수 있을까, 뭔가 다른 주거 모델을 보여줄 수는 없을까 고민해요.

정리하자면 코리빙을 통해 제가 화두를 던지고 싶은 것은 크게 세 가지로 볼 수 있을 것 같아요. 한 가지는 집 안에서 이루어지는 노동과 관련해서, 누군가 그것을 해야만 한다면, 어떻게 건강하게 만들 수 있을까. 두 번째로는 '집을 산다'는 것, 집을 소유해야 하고 거기에 따르는 빚을 져야 한다는 '소유에 의한 부채debt ownership'에 대한 부담의 문제. 그리고 마지막으로는 성역할에 대한 문제. 남자와 여자의 역할에 대한 고정관념이 집에서부터 얽매여 있

삶의 공간을 나누는 집

다고 보거든요. 이런 여러 가지 문제에 대해 하나씩 질문을 던질 수 있고, 새롭게 도전할 수 있는 게 코리빙이라고 생각해요.

더 인간적인
집을
말하다

이야기를 나누다 보니 우리가 살고 있는 방식에 대해 고민이나 비판적 시선 없이 받아들여왔던 것 같아요.

그래서 전 익숙한 것들을 당연하게 생각하지 않고, 하나하나 다시 보고 싶어요. 어떻게 보면 집이란 건 첫 번째 사회잖아요. 집에서부터 사회를 배우게 되는데, 집에서부터 중요한 질문들을 물을 수 있어야 하지 않을까요? 죽음은 무엇인가, 노동은 무엇인가, 사회는 무엇인가, 함께 사는 것은 무엇인가……. 그런데 이런 질문들이 많이 숨겨져 있어요.

삶의 공간을 나누는 집

마치 죽음조차 병원에 숨겨지는 것처럼요. 노동의 많은 부분들도 마찬가지고요. 학생 때 이런 것을 몰랐다는 것이 아쉬워요. 가사 노동이나 육아의 가치에 대해서나, 공간의 중요성에 대해서도요.

과연 우리가 중요한 질문들을 할 수 있도록 교육을 받고 있는지, 아니면 그저 수동적으로 받아들이게끔 교육을 받고 있는 것은 아닌지 걱정스러워요. 더 많은 사람들이 함께 질문하고, 대화할 수 있는 공간이 생기다 보면 하나의 정치적 움직임이 될 수 있어요. 정치적이라고 표현하니까 거창한 정치 운동을 떠올리기 쉬운데, 우리의 일상에 대해서 논의하며 변화시켜 나가고, 그 변화에 기여할 수 있는 역동감을 말하려는 거예요. 함께할수록 큰 변화가 일어나잖아요. 미국에서 도시가 발전하면서 여성 운동이 일어났듯, 더 많은 사람들이 참여할수록 질문들이 커지고 더 큰 힘이 생겨나는 것 같아요. 코리빙이라는 방식이 우리 사회에 유의미한 변화를 가져왔으면 좋겠어요.

변화는 항상 질문에서부터 출발하니까요.

이건 더 쉽게 질문을 던지기 위한 건데, 집이 자동차라고 한번 생각해보세요. 차는 우리 생활에 없어서는 안 될 필수적인 거잖아요. 자동차에 대한 몇 가지 질문을 해보자면, 철새들은 함께 이동할 때 서로 몸을 스쳐요. 그런데 왜 자동차는 조금이라도 스치면 싸움이 날까요? 왜 우리의 몸은 이렇게 작은데, 몇 배나 더 크고 무거운 것을 타고 이동해야 할까요? 도로 위의 대부분의 차는 1인이 탑승하고 있는데, 왜 꼭 네 명의 좌석이 있어야 하며, 왜 주차 시에는 데드스페이스가 나오는 건지, 왜 도심 속을 다니는 차가 아직도 마치 전쟁터의 무기처럼 생명을 죽일 수 있는지……. 만약 외계인이 지구에 와서 차를 바라보면 질문이 아주 많을 거예요. 무슨 지구인들의 종교 행위인가, 할지도 모르죠. (웃음)

당연한 것들을 낯설게 보니 새롭게 와닿습니다. 그것을 집에 적용해본다면.

우리가 사는 방식 그 자체가 우리를 스스로 가둬놓는다는 생각이 들어요. 그래서 주거 자체를 시스템적으로 다시 보자는 거예요. 저는 공동체에 관심이 있으니까, 소유권에 대해서는 코-오너십(공동소유)이 가능한가 생각해보는 거죠. 많은 가족들이 아이가 자라면 떠나보내고 그 큰 집에 부모만 남게 되잖아요. 그리고 외로워지고. 왜 꼭 그래야 하나, 왜 우리는 좀 더 유연하게 살지 못하나. 함께 살고, 일정한 공간들을 어떻게 서로 협의하면서 유기적으로 움직이고 활용할 수 있을까. 나는 지금 싱글이라 이만큼의 공간이 필요하고, 결혼해서 가정을 이루면 이 정도, 나중에 노년이 되면 다시 이 정도 작은 공간으로 충분해, 이런 식으로 협의를 하면서 유연하게 만들어낼 수 없을까, 그런 고민을 많이 해요. 그걸 저는 공간적으로, 부동산 운영과 연관해서 풀고 싶은 거죠. 어차피 인간은 살고 죽으며,

영원하지 않은데, 그 논리 속에서 소유보다 사용이 우선시되는 사회에 대해서 고민하고 있어요.

이제는 자동차도 새로운 모델이 나오고 있죠. 변화가 이루어지고 있다고 보나요?

맞아요, 새로운 선택지가 나오고 있어요. 차를 직접 소유하지 않는 셰어카라든가, 인간의 주행 오류를 줄이는 자율주행차도 나오고.

우리는 대부분 주어진 커뮤니티에서 살잖아요. 주어진 지역에서 살고, 주어진 가족 내 역할대로 살고, 사회는 계속해서 '넌 이렇게 살아야 돼'라고 말하죠. 코리빙은 거기서 조금 벗어나서, 나에게 잘 맞는 커뮤니티를 스스로 선택해서 함께 어울려 살 수 있는 주거 방식이 아닐까 생각해요. 더 많은 옵션을 준다는 것. 선택의 자유인 것 같아요.

어떻게 하면 좀 더 에너지 효율적이고 자연친화적인 집을 만들 수 있을까에 대해서도 고민해야 해요. 전 도시농사Urban Farming와 코리빙을 통합시키는 것에도 관심이 많아요. 환경을 위해서이기도 하고, 커뮤니티를 만드는 데 도움이 될 거라고 생각하거든요. 옥상 텃밭은 실질적으로 건물과 도시 생태계에 좋아요. 지붕에 가장 영향을 미치는 요인이 햇빛인데, 옥상에다가 식재를 할 경우 자외선을 흡수해줘서 수명도 오래가고, 큰비가 왔을 때 빗물을 한 번 흡수해주는 역할을 해서 도시의 하수 시스템이 범람하는 것을 막아주기도 하죠. 도시농사를 통해 음식의 생산과 더 가까워지고, 그 연결 고리로 더 적극적으로 자신의 의식주 소비에 대해 생각하는 계기가 될 수 있어요. 공통된 경험과 음식으로 '식구'가 되어가고요.

자동차는 건물과 마찬가지로 환경적으로 마이너스 요인이고, 개인주의적인 문화에 기여하는 부분이 있어요. 특히 서울에서는 선팅 때문에 얼굴 맞대고는 대놓고 못할 험한 말들을 하면서 싸우는 일

실내 정원처럼 꾸며진 트리하우스의 중정 공간 ©Lee Jieung

이 흔하잖아요. 주거시설과 자동차가 이런 부분에서 비슷한 것 같아요. 이웃과 다 같이 사는데 뭔가를 공유하지 못하고 서로의 얼굴도 모르고, 심지어는 공포스러울 때조차 많으니까요. 영화 〈기생충〉 보셨어요? 전 그 영화가 '건축의 호러'를 보여주고 있다는 생각을 했어요. 함께 공간을 사용하지만 그게 누군지 모른다는 게 굉장히 큰 공포잖아요. 마치 귀신과 사는 느낌인 거죠. 고시원이 무섭게 느껴지는 이유 중 하나이기도 해요. 과거에 우리는 마을을 이루고 살았는데, 지금 도시에서는 그런 게 많이 없어졌잖아요. 잠깐이라도 아이 혼자 밖에 내보내면 두렵고 불안한 시대를 살고 있다는 게, 참 안타까운 것 같아요.

코리빙이 이런 문제들에 대한 대안이 될 수 있을까요?

저는 코리빙이 많은 문제들의 실마리가 될 수 있다고 생각해요.

첫째는, 우리가 함께 사는 사람을 모른다는 익명의

공포가 있잖아요. 자발적인 커뮤니티를 꾸렸을 때는 그 공포감을 덜고 조금 더 심리적 안정을 얻을 수 있을 거예요. 이 공간에 사는 사람들의 얼굴도 알고, 함께 부엌에서 요리도 하고, 여가 시간에 뭔가를 같이 배우기도 하고 그렇게 산다면요. 또 경우에 따라 어느 정도 주민들의 선별에 직접 동참할 수도 있고요.

두 번째로는, 혼자서 모든 리스크를 짊어지는 게 아니라 함께 사는 사람들과 나눌 수 있다는 것. 함께 고민을 나눌 수 있다는 것 자체가 좋은 거니까요. 위급 상황에서 도움을 얻을 수도 있고요. 은행이나 학교에서의 '신용'과 다른 방식으로 관계 속에서 신용을 쌓아가는 법을 배울 수 있겠죠.

세 번째는 스스로 선택해서 들어왔기 때문에, 이상적인 상황이라면 어떤 사회적인 배경이나 지위, 빈부를 떠나서 조금 더 풍요로워질 수 있는 방식이 될 수 있어요. 사람은 물건이나, 종이에 적힌 수치가 아니잖아요. 그런 걸 떠나 '나는 여기 있고 싶어서 왔어'라고 한다면 조금 다른 접근이 가능해질 거예요. 그건 자기 아이덴티티에 대한 것이고 더 풍요로워지는 방향이라고 생각해요.

마지막 네 번째는 처음에 이야기했듯이, 노동의 가치에 대해서 다시 생각하고 어떻게 사느냐 하는 문제의 가치를 새롭게 평가할 수 있게 될 거예요.

삭막한 사회 안에서 인간성을 되찾고 싶다는 마음이 느껴집니다.

돈은 많은 것의 가치를 평면적으로 만들어버리죠. 그 안에서 가사 노동이나 육아와 같은 노동에는 너무나도 낮은 가치가 주어지고, 심화되는 경쟁 속에서 사람들은 점점 더 높은 리스크를 감당해야 해요. 저는 이 화폐 중심 사회에 '완충제buffer' 같은 게 있었으면 좋겠다는 생각을 해요.

좀 우스운 예시일지도 모르겠지만, 19세기 중반에 뉴욕의 서민들은 돼지를 키웠어요. 1820년대에는 약 2만 마리의 돼지가 맨해튼을 누비고 다녔다고 해요. 낮에는 시내를 돌아다니며 쓰레기도 주워 먹

멀리서 바라본 트리하우스 ©Rohspace

고 다니다가 밤에는 꼭 자기 집 마당에 와서 잤대요. 똑똑하죠. (웃음) 이게 좋은 점이, 일종의 보험처럼 가족이 어려워지거나 무슨 일이 생겼을 때 돼지를 팔거나 먹을 수 있었죠. 그런데 상류층에서는 돼지가 더럽고 병을 퍼트린다는 이유로 사육을 금지시켰어요. 돼지들은 뉴욕주 북부로 쫓겨났고요. 현대 사회는 이런 안전장치가 줄어들고 있다고 생각해요. 스스로 커리어를 관리해야 하고, 노후 준비도 해야 하고, 아프면 큰일인 거고, 실패했을 때 두 번째 기회가 주어지기 어렵고요. 이런 위태로운 상황에서 과연 무엇이 우리 사회의 완충제가 될 수 있을까 궁리하게 돼요. 저는 그게 커뮤니티 안에서 이루어질 수 있으리라고 희망해요. 돈이 아닌 것으로 집세나 비용을 지불하는 것에 대해 계속 고민하는 이유도 그런 거고요.

전 기본적으로 혼자서 살아가는 것이 인간적이지 않다고 생각하고, 그 지점에서 출발하려고 해요. 인간의 본성은 정치적이고, 함께하는 거다. 여기에서 인간성을 찾을 수 있다고 생각해요.

코리빙을 통해 궁극적으로 목표하는 미래는 무엇인가요?

사실 코리빙은 하나의 수단일 뿐이에요. 저는 '마을과 같은 도시'가 만들어졌으면 좋겠어요. 불안감을 느끼지 않고, 아이를 내보내도 안심할 수 있고, 함께 어우러져 사는 거요. 그러면서 개개인이 소모되기보다 함께 노동에 기여를 하면서 생활하는 것. 또 그러면 쓰레기도 훨씬 덜 나오거든요! 덜 버리고 소모하는 그런 사회. 그렇게 되면 인구도 더 늘어나지 않을까요? 좀 더 아이를 낳아 기르기 좋은 세상이 되지 않을까, 라고 생각하는 거예요.

트리하우스라는
하나의
예

설계하신 공유주택인 트리하우스에 대해 소개해주세요.

트리하우스는 앞서 이야기한 생각들이 어느 정도
담겨 있는 집이라고 생각해요.

'하나의 건물이 하나의 집'처럼 모든 세대가 하나의
중정 정원과 연결되어 있어요. 삼면으로 열리는 창
이 있어서, 복도와 중정이 하늘의 시간을 볼 수 있는
큰 집의 거실 역할을 해요. 공간적 메타포로서 각 세
대들을 겹겹이 쌓아올려 만든 공간이 커뮤니티 공
간이고, 이 커뮤니티 중정이 건축의 심장이에요.

3층 '피메일라이프' 실 ©Lee Jieung

4층 '노마드라이프' 실 ©Lee Jieung

7층 '미니멀라이프' 실 ©Lee Jieung

개인이 혼자 지낼 수 있는 권리를 생각해, 72세대 중 다수를 차지하는 43세대가 1인을 위한 복층 스튜디오예요. 함께 사용할 때 가격 대비 성능이나 활용성이 높아지는 세탁실이나 큰 부엌, 코워킹 공간, 도그 파크, 그리고 옥상정원을 공유해요. 또한 건축적으로 공간이 분리되어 있어요. 일하는 공간, 주거 유지를 위해 노동하는 공간, 사람들과 모임을 갖는 공간, 혼자 집중할 수 있는 공간으로요.

이름에 걸맞는 나무 모양의 피라미드형 외관, 천장까지 뚫린 중정이 멋진데요. 코리빙 공간을 위해 특별히 고려했던 부분이나 어려움은 없었나요?

물론 유토피아적인 생각만으로 탄생되지는 않았어요. 피라미드같이 쌓아올린 모양과 경사창은 법적인 사선제한 내에서 최대 부피를 확보하면서 내부 중정을 마련하기 위한 방법이었어요.

1인 세대 바닥 면적은 일반적인 시장 기준에 비해서는 작지만(5평~7평), 높은 복층 구조로 공간 부피를 확보할 수 있었고, 세대 밖으로 세탁기 및 큰 주방을 내보냄으로써 공간 퀄리티를 지킬 수가 있었어요. 또 작은 바닥 면적 덕분에 법적인 용적률 안에서 세대 수를 최대한 늘릴 수 있었고, 동시에 공유 공간을 마련할 수 있었죠.

공유 공간은 아시다시피 개발 면적으로, 공짜 공간이 아니에요. 72세대밖에 없는 트리하우스에서 이 공간이 늘 활성화되고 잘 관리될 수 있도록 하려면 전략이 필요했어요. 공유 공간에 더 많은 액티비티와 혜택을 주기 위해 기획 초안부터 스타트업 파트너들과 운영 협업을 고민했어요. 파트너사들 덕분에 트리하우스는 다양한 문화, 피트니스 클래스와 각종 이벤트가 열리는 플랫폼이 될 수 있었어요. 사용한 공유 공간에 대한 관리비를 내고 입주민에게 서비스 혜택을 주는 대신 협의된 시간 동안 공간을 무료로 사용할 수 있는 형태의 파트너십이죠.

삶의 공간을 나누는 집

트리하우스 전경 ©Rohspace

트리하우스가 지닌 강점은 무엇일까요?

트리하우스의 장점은 특정 라이프스타일을 위한 공간과 운영이에요. 그것은 결국 시장의 지리적 한계를 벗어나게 해주고, 일반 공급 주거와의 차별화를 통해 공실율과 입주자 유치 면에서 경쟁력을 높여주죠. 트리하우스의 잠재적 입주자는 역삼동이라는 동네가 아닌, 더 큰 서울이라는 도시, 앞으로 더 나아가서는 글로벌 도시들 가운데서 그 라이프스타일을 선호하고 선택하는 분들이에요. 실제로 강북으로 출퇴근하면서 트리하우스에 거주하시는 분들도 있어요.

삶의 공간을 나누는 집

앞으로의
집에
대하여

앞으로 코리빙은 개인의 삶의 방식이나 생활 패턴을 어떻게 바꿀 수 있을까요?

트리하우스는 'live work' 공간이에요. 좀 더 스스로 자기의 시간을 선택적으로 자유롭게 쓸 수 있는 공간을 만들고 싶었어요. 트리하우스에는 1층에 코워킹 공간이 있어서, 1층에서 일을 하고 위에서 잠을 자죠. 거기서 일하는 사람들은 자기 시간을 좀 더 유연하게 쓸 수 있어요. 그리고 아직 발전이 덜 된 모델이기는 하지만 가사 서비스가 포함되어 있어

요. 2주에 한 번씩 청소와 베딩 서비스가 있고, 비
용을 지불하면 추가적인 서비스를 받을 수도 있어
요. 내 시간을 가사 노동에 써도 되고, 아니면 '나는
다른 것에 더 집중할래, 이런 것에 시간을 쓸래'라
고 할 수도 있고, 자기 선택인 거죠.

오스트리아 같은 해외의 유명한 공공주택들을 보면 똑같이 생긴
좁은 개인 공간을 일렬로 붙여놓은 느낌이라 오히려 무개성해
보이기도 하던데요.

시스템 자체를 본다면 오히려 해방감을 준다고 생
각해요. 찜질방을 한번 생각해보세요. 모두 똑같은
옷을 입고 들어가죠. 그런데 시스템이 너무나 투명
하기 때문에 거기서는 어떤 자기 배경이나 사회에
서 억압하는 기준들에서 해방되는 느낌이잖아요.
여기는 잠자는 공간이고, 여기는 어떤 행동을 하면
안 되고, 목욕탕에 들어갈 때는 어떻게 해야 하고.
이렇게 정확하고 투명한 약속 안에서 함께할 때, 그
안에서 오히려 자유로워질 수가 있는 것 같아요.

커뮤니티 공간인 내부 중정 ©Rohspace

공간적으로 투명하게 구분되는 것이 중요한 이유는, 안 그러면 착취당하는 부분들이 있다고 생각하거든요. 한 예로 구글에서는 '당신은 언제 어디서나, 집에서도 편하게 일할 수 있다'고 하죠. 실제로 많은 사람들이 집에서도 일을 많이 해요. 그리고 침대에 누워서도 인스타그램의 광고를 보고, 구매도 하고, 경제적인 노동을 하죠. 일과 개인을 위한 시공간이 분리가 안 되어 있는 점이 아쉬웠어요. 좀 더 정확하고 투명하게, 여기는 일하는 공간이고 여기는 진짜로 혼자 푹 쉴 수 있는 공간, 이렇게 나눠져 있다면 좀 더 스스로 선택해서 컨트롤할 수 있는 것 같아요. 안 그러면 어디까지가 노동인지조차 불투명하잖아요.

가사 노동도 노동이다, 그런 인식이 중요해요. 그래서 전업주부인 아내에 대해서 남편이 '내 와이프 일안 해', 이렇게 말하잖아요. 굉장히 사회적인 노동인데. 만약 진짜 '일 안' 하기로 하고, 집에서의 노동이 다 멈춰버린다면? 사회는 돌아가지 않아요.

삶의 공간을 나누는 집

공감해요. 세상이 '스마트'해지면서 노동과 휴식의 경계가 모호해지다 보니, 분리가 잘 안 되잖아요. 집에 있어도 제대로 쉬는 시간이 별로 없고요. 점점 더 집이 휴식의 역할을 제대로 못 하게 되는 것 같아요.

맞아요. 어차피 공과 사는 흐릿해져 있어요. 그렇게 착취를 당할 바에는, 차라리 그것도 노동 활동이라고 인정할 거 인정하는 게 낫지 않나, 하는 거죠. 차라리 그걸 오픈하고 집의 형태에도 드러내자. 그런 면도 있는 것 같아요.

너무 많은 옵션이 있는 사회잖아요. 집에서도 얼마든지 남과 소통할 수 있고, 일할 수 있고, 넷플릭스만 들어가도 볼거리가 쏟아지고요. 너무 산란하고 집중을 방해하는 사회에서, 어떤 '한계'를 주는 것은 오히려 해방감을 줄 수 있다는 생각이에요.

기술 발전이 주거 환경에 미치는 좋은 영향도 있죠.

기술은 많은 걸 바꿔요. 기술이 발전하면서 카셰어나 운전사 없는 주행도 가능해졌듯 주거에도 기술이 많은 기여를 할 거라 생각해요. 특히 코리빙에서요. 에어비앤비도 공간을 시간에 따라 셰어할 수 있는 것처럼, 주거도 그런 부분들이 있지 않을까 싶어요. 트리하우스의 경우 1층 공용 공간에서 여러 가지 클래스나 활동이 가능해요. '마일로' 같은 앱이 나오면서 어떤 수업을 등록하고 모집하기가 훨씬 쉽고 간편해졌어요. 자기 공간을 갖고 있지 않은 선생님이 있다면 원하는 사람들이 있는 장소를 찾아다니며 활동할 수 있고, 주민들은 관심사와 시간대별로 다양한 수업을 받을 수 있고요. 다양한 사람들을 공간으로 끌어와서 유연하게 운영하는 것이 가능할 거예요.

함께 산다는 것은, 그만큼 서로가 단절되어 있지 않고 어떻게 살아가야 하나를 함께 합의를 해나간다는 거죠. 부엌은 이 정도로 청결하게 운영했으면 좋겠고, 게스트는 몇 시까지만 받을 수 있게 하자, 이런 아주 사소한 것이든 무엇이든 간에 대화로 풀어가는 건 아주 건강한 일이라고 봐요. 그런데 그

삶의 공간을 나누는 집

러기 위해선 기술이 필요한 거죠. 그러고 보면 참 카카오톡이 엄청난 걸 해냈어요. (웃음)

앞으로의 계획은요?

좀 더 저렴하고 쉽게 접근 가능한 코리빙, 다양한 형태의 코리빙을 만드는 게 목표예요.

지금 관심사는 '고시원'이에요. 법률적으로 고시원은 무조건 공유하는 공간들이 있어야 해요. 부엌도 공유해야 하고, 공유주택의 한 형태죠. 그런데 사회적인 낙인stigma이 존재해요. 거기 들어가면 실패한 사람이고, 하루 빨리 성공해서 탈출해야 되고, 옆방에 있는 사람은 '귀신' 같은 존재고, 햇빛도 잘 안 들고 위험하고…… 그런 이미지가 있잖아요. 저는 이런 부정적인 인식에서 벗어나서 살기 좋은 고시원을 만들고 싶어요.

원래 청년주거에 관심이 있으셨나요?

저는 모든 코리빙에 관심이 있어요. 시니어를 위한

공유주택도 만들고 싶어요.

할아버지가 병원에 계셨는데, 편하게 지내시라고 개인실을 해드리겠다고 했어요. 그런데 한사코 싫으시대요. 개인실은 외롭고 무서우시다고. 그냥 다른 사람들과 같은 방에 지내고 싶다고 하시더라고요. 요즘 저희 아빠와 얘기를 하다 보면, 60대이신데도 꿈이 많으세요. 세상을 도울 수 있는 의미 있는 일을 하고 싶으시대요. 많은 사람들이 나이가 들수록 사회에 기여하고 싶어 해요. 하지만 혼자서는 안 되잖아요. 그들을 위한 다양한 공간이 필요한 거죠.

하나의 타입은 답이 될 수 없어요. 세상에 다양한 사람들이 있듯 그에 맞는 다양한 커뮤니티도 만들어질 테고, 좀 더 공유하는 부분이 많을 수도 있고 아닐 수도 있겠죠. 조금 더 유연한, 융통성이 있는 사회가 되면 좋지 않을까요?

공용 수납장과 세대 입구가 보이는 트리하우스 내부 모습 ©Rohspace

앞에서 교육의 문제에 대해서도 언급이 되었는데.

세상의 물질적인 형태를 더 잘 바라보고 질문하는 것이 곧 우리가 살아가는 사회에 근본적인 질문을 던질 수 있게 한다고 생각해요. 그리고 물질적인 공간을 바꿈으로서 세상의 다른 틀들도 질문하고 바꿔나갈 수 있으리라는 희망이 생기죠. 세상의 자원은 한정되어 있고 사람은 창의적인 존재로서 환경적으로 어려운 상황에서도 어떻게든 적응해나가지만, 이 물질적인 환경에 대해 질문하고 바꿀 수 있다면 주어진 것보다 더 이상적인 모습으로 변화시킬 수 있을 거예요. 그러기 위해서는 학교에서 그림, 지도를 만드는 것, 건축을 가르쳐야 한다고 생각합니다.

우리를 둘러싼 물질적인 환경의 대부분은 관리자 중심으로, 국가나 부동산업자들이 관리하고 이익을 추구하기 좋게 만들어져 있어요. 거주자들을 위한 게 아니죠. 하다못해 토지의 구역이나 세대 번

삶의 공간을 나누는 집

호도 세대 수를 셈하고 세금을 매기고 매매를 하는
데 있어, 행정적인 편의를 위해 생겨난 거잖아요.
트리하우스의 현관문을 세대 호수를 드러내지 않
는 형태로 디자인한 것도 그런 이유에서고요. 사람
은 숫자가 아니니까요.

마지막으로, 개인적으로 어떤 집에 살고 싶은지.

육아를 하면서 일을 포기하지 않아도 되고, 커뮤니
티 안에서 어느 정도 안정감을 느낄 수 있는 곳에
살고 싶어요. 함께 펀드 같은 것도 조성할 수 있을
정도로. '계' 같은 거 있잖아요. 아파트 단지에서 일
어나는 일을 들여다보면 감탄을 자아내는 현명한
게 많아요. 공동구매 같은 것도 멋지잖아요! 그런
식으로 공동체로서, 경제적이고 심리적인 만족감
을 얻을 수 있는 곳에서 살고 싶어요.

그리고 자연과 어우러지는 환경도 중요해요. 식재
료를 재배한다거나, 된장이나 술 같은 뭔가를 함께
만들고 나눌 수 있는 곳. 나 자신이 소모품이 아닌

의미 있는 일원으로서 존재할 수 있는, 그런 문화가 있는 곳에 살고 싶고, 그런 주거 공간을 만들고 싶어요. 특히 육아를 생각할수록 더 명확해지죠. 아이가 어떤 환경에서 자라면 좋을까. 얼마나 건강한 사회인지는 그걸 보면 알 수 있다고 생각해요.

그런데 그렇다고 해서 현실을 마주하지 않을 생각은 없어요. 모든 면에서요. 일례로 40가구 정도가 모여서 교외에 마을을 만들었대요. 그런데 아이들이 중학생이 되자마자 한 가구씩 그곳을 떠난대요. 좋은 학군을 찾아서. 어쩔 수 없는 것 같아요. 경제적·사회적인 지속가능성이 없으면 결국 실패하게 되어 있으니까요. 그런 것이 앞으로 해결해나가야 할 숙제죠.

알면 알수록 참 어렵네요.

어렵죠. 하지만 어렵지 않다면 의심스럽잖아요.

건축가님에게서 건강한 에너지가 느껴져요. 이런 건축가가 만든 집에서 살아보고 싶네요.

고맙습니다. 더 잘 만들게요! (웃음) 저는 미래에 대해서 낙관적이에요. 지금까지 짧은 역사 속에서 많은 걸 해냈듯이, 인간은 잘 해나갈 거예요.

작은 부엌이 선물해준 집

·

요나

요나

yona

서울에서 한 달에 3, 4일가량 '재료의 산책'이라는
팝업 식당을 열고 있으며,
책『재료의 산책』을 썼습니다.
우리나라의 제철 작물들에 대해 공부하고 있습니다.
식당 운영 외 칼럼 기고, 요리 워크숍, 영상 제작 등
음식에 관련된 활동을 하고 있습니다.
사람들이 어떤 마음으로 식사하고 시간을 보내면
좋을지에 대해 고민하고 이야기하고 싶습니다.

나의
집은
어디인가

이방인의 마음으로

아무것도 뚜렷하지 않은 가운데 오래전부터 한 가지
만은 뚜렷하게 알고 있었다. 지금 살고 있는 이곳에 정
착하지 않으리란 것을.

언젠가 어차피 이곳을 떠날 것이라는 확신은 나를
호기심 많고 도전적인 사람으로 만들어주었고, 더불어
자잘한 것들에 매달리지 않게 도와주었다. 근거 없는
확신은 돌이켜보면 고등학생 때쯤부터 싹튼 것 같고,

그때부터 쭉 이방인의 마음으로 살아왔다.

처음에는 단순히 정착할 나라를 정하면 되는 문제인 줄 알았다. 20대 때는 살고 싶은 나라가 1, 2년 단위로 바뀌었다. 일본, 핀란드, 캐나다, 뉴질랜드, 남아프리카 공화국 등 전부 기억하기에도 너무 많다. 나라마다 살고 싶은 이유는 제각각이었으며 그리 대단하지도 않았다. 예를 들어 일본에 살고 싶은 이유는 '일본어를 말하며 살고 싶어서'였고, 캐나다에 살고 싶은 이유는 '에메랄드 색 호수를 자주 보고 싶어서'였으며, 남아프리카 공화국에 살고 싶은 이유는 '펭귄이 많으니까'였다.

실제로 나는 성인이 되자마자 일본으로 홀로 떠났지만, 바다 건너에서 시간을 보내는 동안에도 그곳에 영원히 머물지 않을 것이라는 확신은 예상과 달리 사라지지 않았다.

일본에서 지내는 동안 수제 버거 가게에서 아르바이트를 했는데 시급이 900엔이었다. 11년 전 일이니 당시로서는 꽤 큰 금액이었다. 정해진 근무일은 일주일에

작은 부엌이 선물해준 집

3, 4일이었지만 일손이 부족할 때면 더 나가기도 했고 교통비와 식비, 야간수당(밤 10시 이후부터는 시급이 인상됨)까지 제대로 챙겨준 덕에 어쩌다 보면 월급이 15만 엔에서 많게는 20만 엔에 다다를 때도 있었다. 생활비로 쓰고 남는 돈은 모두 여행에 쏟아부었다. 한국으로 돌아오던 날 통장에 한 푼도 남아 있지 않아서 공항까지 가는 교통비를 친구한테 빌렸을 정도니 어지간히 많이도 돌아다녔던 것 같다.

야마나시, 가나자와, 고치, 가가와, 오카야마, 구마모토, 니가타 등 틈만 나면 어디로든 갔다. 바쁠 때는 1박 2일이라도 짬을 냈다. 친구의 출신지라는 이유 하나로 아무것도 알아보지 않은 채 무작정 낯선 곳으로 향할 때도 있었다.

여행의 목적은 별달리 없었고 그저 세상 어딘가 구석구석에서 살고 있는 사람들의 모습을 보고 싶었다. 어떤 집에서, 누구와 함께, 무슨 일을 하며 살고 있는지 가만히 바라보기도 하고 때로는 묻기도 했다. 돌아보면 많은 이들의 삶 중 나에게 딱 들어맞는 모양과 우

연히 마주치기를 바라는 마음도 있었던 것 같다.

최근에 깨달은 사실인데 나는 아마도 살 곳을 찾아 헤매는 여정 속에서 살아낼 힘을 얻었던 것 같다. '어디에 살 것인가'를 함부로 다루지 않는 마음에서 느끼는 주체성 덕분이다. 주체성은 자존감의 씨앗이 되니까. 어찌 됐든 내 집 마련의 자금이 될 수도 있었던 큰돈은 모두 여비로 탕진했고, 거처에 대한 문제 또한 풀지 못한 채 여행자 놀이를 정리하고 한국으로 돌아왔다. 왜인지 정확히 알 수 없지만 더 이상 머물러봤자 자꾸 어긋나기만 할 것 같았다.

투 룸의 작업실을 얻다

누구도 자신이 태어날 곳은 선택할 수 없지만 살아갈 곳을 선택할 수 있는 자유는 지녔다. 선택에 의해 발생하는 희생과 책임을 기꺼이 짊어진다면 말이다.

요나   77

유유상종의 법칙인지 주변에는 '어디에 살 것인가'에 대해 깊게 고민하는 친구들이 많다. 그들의 모습에서는 어딘가 단단함이 느껴져 편안하다.

#1

"원래 담양에서 살 계획이 있었어요?"

"막연하게 어딘가 내려가서 살고 싶다는 생각은 하고 있었는데 지역을 뚜렷하게 정한 건 아니었어. 담양에는 인도 여행에서 만난 친구가 살고 있어서 자주 놀러 왔었어. 그러다 지나가던 중에 이 한옥을 보고 너무 멋지다고 생각했어. 10년 전쯤인가. 근데 그때는 살고 계신 할머니께서 내주지 않으셨지. 어쩔 수 없지 하고 다시 서울로 돌아가서 도시 생활에 젖어 살고 있었는데 머릿속에서 거의 잊어버렸을 즈음 어느 날 갑자기 한옥집 아드님으로부터 전화가 한 통 걸려온 거야. 어머니가 돌아가셔서 집을 처분하려고 하는데 혹시 아직 살 생각 있느냐고. 고민도 안 하고 바로 네! 하고 대답했지. 막상 내려와서 보니 한옥이 너무 오래되어서 무너지기 일보직전이었거든. 살 수 있을 정도

로 고치다 보니까 집을 거의 새로 짓는 수준이 되었고. 정신 차려보니까 내가 이렇게 여기에 살고 있더라."

#2

"제주도 가면 뭐하고 지내려고?"

"아무것도 안 할 건데. 아무것도 안 하려고 가는 거야. 산책이나 많이 하고 싶어."

#3

"오빠는 왜 말도 안 통하는 베를린으로 갔어?"

"우선 학비가 싸니까. 집세도 거의 안 내는 수준이야. 지금 셰어하우스에서 여러 명이 같이 살고 있는데 여기 들어오려면 기존에 살고 있는 친구들한테 면접도 봐야 하거든. 아무튼 여러모로 작업하기 너무 좋아. 너도 베를린으로 와."

#4

"원래 오사카 출신이잖아요. 어쩌다 사가현에 자리 잡게 된 거예요?"

"친한 밴드 친구들이 있는데 그중 한 명이 근처에 살아요. 친구들의 음악에 영향을 많이 받았거든요. 그래서 정말 그 이유 하나 때문에 여기로 왔어요. 일본에서 제일 좋아하는 지역인 시코쿠가 가깝기도 하고요. 주변에 멋진 작업자들도 많이 모여 있어요. 이 가게(그릇 셀렉트숍)만 보더라도 사가현의 작가들을 많이 소개하고 있잖아요?"

#5

"언니는 왜 양양으로 이주하고 싶은 거야?"

"양양이 좋으니까. 옛날부터 좋아해서 친구들이랑 자주 놀러 다녔어. 일단 이름이 너무 귀엽잖아. 양양."

#6

"계속 캐나다에서 살 줄 알았어. 왜 한국으로 돌아온 거야?"

"문득 부모님이랑 시간을 같이 보낼 수 있는 날이 앞으로 별로 없을 것 같다는 생각이 들었어. 뭘 해드릴 수는 없어도 옆에 같이 있는 것만으로도 다르잖아. 언젠가 다시 캐나다로 돌아갈 거야. 캐나다에서 살고

싶으니까. 그래도 일단 몇 년은 한국에 살아보고 싶
어."

#7

"왜 이태원에서 홍은동으로 이사한 거야?"

"이태원은 사람 살 곳이 아니었어. 너무 시끄럽고
정신없고. 홍은동은 꽤 살기 괜찮은 동네라고 생각해.
홍제천도 있고, 안산도 가깝고, 산책할 곳이 많아. 오
래된 귀여운 가게들도 많고, 사람도 별로 없어서 조용
해. 아, 물론 집값도 싼 편이고. 서울에서 살기에 이만
한 동네도 없지."

몇 년 만에 돌아온 서울에서 나는 꽤나 외롭고 초조
했는지 계속해서 일을 벌이기 시작했다. 음식에 관련
된 일을 하고 싶다는 막연한 생각은 쉽사리 어떠한 형
태로 정리되지 않았고, 가만히 있을 수 없어 4년이라
는 시간 동안 무려 세 개의 가게를 열고 닫았다. 당연
한 자연의 섭리에 의해 무리한 몸과 마음은 걷잡을 수
없을 정도로 망가졌고 처음으로 의지와 상관없이 삶의

방식이 정해지는 경험을 했다.

뭘 먹어도 탈이 나지 않던 몸이 가려 먹지 않으면 쉽게 탈이 나는 몸으로 바뀌었다. 변화는 순식간이었다. 바깥에서 간이 센 음식을 먹고 오면 다음 날은 하루 종일 펄펄 끓는 고열에 시달렸다. 얼굴 곳곳이 피부 알레르기로 울긋불긋했고, 비염도 심해져서 숨쉬기가 편치 않았다. 어쩔 수 없이 외식을 줄이고 집에서 스스로 밥을 해먹는 횟수를 늘려야 했다. 몸의 변화가 슬프지는 않았다. 이상하게도 오히려 간결해지는 기분이었다. 그때 온전히 망가지지 않았더라면 지금도 여전히 방황하고 있었을 테니 감사한 일이다.

당시에는 모든 일을 접고 본가에 머물고 있었는데 나만의 작업실이 필요하다는 생각이 들었다. 더 이상 엄마의 부엌을 방해하고 싶지 않았다. 필요한 작업실의 조건은 화구, 수도, 화장실, 작은 창고, 햇빛이 전부였고 '이왕이면 피곤할 때 누워 있을 수도 있는 곳으로 할까?'라는 욕심으로 부엌과 두 개의 방, 작은 베란다가 딸린 집을 구하게 되었다. 부엌 옆에 둥글고 큰 창

이 있는 집이었는데 뒷마당에 살구나무와 감나무가 두세 그루 있어 창문 밖은 늘 푸르거나 누르스름한 잎사귀, 주황 열매, 새소리로 가득 찼다. 처음으로 내 이름을 걸고 계약한 월세 50만 원의 투 룸. 그리 애타게 고민하던 거처의 문제가 얼떨떨하게 풀리는 듯하여 홀가분했다. 나에게 필요했던 건 확신이 아닌 사소한 용기였을지도 모르겠다.

나만을
위한
부엌

 11월 말, 집과 작업실 사이 어디쯤인 그곳으로 필요한 짐을 날랐다. 이삿짐이라고 부를 만한 것도 크게 없어서 여기저기 흩어져 있는 주방도구와 책, 잡동사니를 상자에 정리하여 내 차로 몇 번 오가기만 하면 되었다. 일주일이 채 걸리지 않았다. 현관문을 열면 바로 부엌이 보였는데 가스레인지와 냉장고, 그릇들, 네모난 나무 식탁과 의자 네 개를 놓으니 금세 꽤 그럴듯한 모양새가 되었다.
 지금 생각해봐도 어디서 나온 용기였는지 모르겠다.

이사 직전 다녀온 긴 여행으로 모아둔 저금은 바닥을 보이는 상태였고, 한 달에 몇 번 케이터링 보조 아르바이트 일로 받는 돈이 수입의 전부였는데 나에게 재정난은 신기할 만큼 어떤 의미도 없었다. 선불로 첫 월세를 내고 난 통장에 80만 원 채 안 되는 숫자가 적혀 있던 장면만 기억이 난다. 덧없는 고민들로 마음껏 허우적댈 수 있는 공간이 생겼다는 기쁨을 앞지를 수 있는 감정은 없었다. 혼자 따뜻함을 누리기 아까워서 난방을 틀지 않고 있었더니 하얀 입김이 새어 나왔는데 그조차 신이 날 정도였다.

그런 무모함을 마치 칭찬받기라도 하듯, 부엌이 생기자 거짓말처럼 일이 들어오기 시작했다. 출장 요리, 메뉴 개발, 요리 에세이 연재, 심지어 일본어 요리 과외까지 장르도 들쑥날쑥이었다. 고여 있던 웅덩이의 끝자락에 물길이 트인 것처럼 머릿속에만 있었던 상상들이 하나둘 흘러나왔다. 마냥 숨이 가쁘지만도 않은 기분 좋은 속도였다. 창문 너머의 나뭇잎 사이사이로 들어오는 옅은 노란빛이 집 안 곳곳에 덮어준 효과였

을까. 가끔 먹먹함이 밀려올 때도 있었지만 식탁에 멍하니 앉아 있으면 모든 일이 괜찮게 느껴졌다.

부엌을 천천히 다듬어가며 망가진 몸을 회복하기 위한 식사 실험에도 돌입했다. 실험의 내용은 간단했다. 매일의 식사에 무심해지지 않을 것, 그리고 솔직하게 있을 것, 두 가지였다. 어떤 재료를 어디서 사고, 어떤 기분으로 요리하고, 어떻게 차려서 먹을지 정중하게 생각했다. 부끄럽게도 수년 동안 음식점을 운영하며 살아왔음에도 불구하고 가져본 적이 없는 마음이었다. 집에서 혼자 먹을 식사에 아무도 신경 쓰지 않는 노력을 계속해야 하는 일은 생각보다 낯설고 쉽지 않았다. 더군다나 오로지 나만을 위한 부엌이라니. 그제까지 나에게 주방이란 누군가에게 내줄 음식을 요리하는 공간으로, 청결하고 군더더기 없으며 긴장을 내려놓지 않아야 하는 곳이었다. 부족한 모습이 있으면 가려놓기라도 해야 하며, 생계로 직결되는 곳이기에 그것이 예의라고까지 생각되었다.

그 무렵 집에서는 채소 위주의 요리를 했는데, 덕분에 모든 생활의 움직임에 변화가 생겼다. 채소를 보관하려면 부엌 어느 곳에 햇빛이 잘 드는지 어느 곳이 그늘지고 바람이 잘 통하는지 알아두어야 하기에 구석구석을 느긋하게 바라보는 습관이 생겼고, 매일의 식사에 질리지 않도록 요리하고 남은 채소들은 부지런히 말리고 절여 부엌 여기저기에 저장하기 시작했다. 정해진 요리를 정해진 시간에 맞춰 내기만 하면 되는 패턴에 익숙해져 얕고 딱딱해져 있었던 나는 다양한 재료 앞에서 벽에 부딪히기 일쑤였다. 그래도 혼자이기에 마음껏 부끄러워하고 마음껏 실패할 수 있었다. 아무것도 하고 싶지 않은 날에는 정말 아무것도 하지 않았다. 누구를 위한 공간도 아니기에 주어지는 자유로움과 절박함이 나를 위로하고, 단련시켰다.

자투리 오믈렛

요리하고 남은 채소 자투리, 달걀, 두유, 올리브 오일, 소금, 후추

–

요리하고 남은 채소 자투리를 잘게 썬다. 양파, 당근, 시금치, 버섯, 감자 등 아무것이든. 프라이팬에 오일을 두르고 채소를 볶는다. 소금, 후추로 간을 한다. 볶은 채소는 빈 접시에 빼둔다. 볼에 달걀을 풀고 두유를 조금 넣어 부드럽게 만든다. 프라이팬을 달군 뒤 오일을 두르고 달걀물을 부어 젓가락으로 스크램블을 만들듯 젓는다. 몽글몽글해지면 전체에 달걀을 고르게 펴고 불을 약하게 줄인다. 달걀 위에 볶은 채소 자투리를 올린다. 치즈를 뿌려도 좋다. 달걀이 타지 않도록 주의하며 어느 정도 굳으면 반으로 접는다. 그릇에 담아낸다. 머스터드나 토마토소스, 마요네즈를 곁들인다. 조금 작은 크기의 프라이팬을 사용하면 귀엽게 만들 수 있다.

얼마 전 요가 선생님이 이런 말씀을 하셨다.

"하루 한 시간의 수련이 요가의 전부가 아니에요. 한 시간의 수련을 위해서 하루의 나머지 스물세 시간도 준비, 즉 수련을 하고 있는 거죠. 내일 수련이 있다면 술을 안 마신다든지, 일찍 잔다든지, 마음을 좋게 가진 다든지 하려고 하니까요."

겨울철에는 보통 아침 10시쯤부터 나무 사이로 해가 깊숙이 들어오기 시작했는데, 겨울 햇빛은 여름의 그 것과 달리 보드랍고 따뜻해서 둥근 창을 마주한 식탁에 앉아 아침을 먹는 시간이 가장 좋았다. 아침 메뉴는 대개 간단히 요리할 수 있는 밥과 국이나 빵과 달걀 요리, 과일이었지만 혹시나 아침 해를 놓쳐버릴까 일찍 잠에 드는 습관까지 붙게 되었다.

일이 없는 날이면 최대한 느릿느릿하게 식사를 준비했는데 때로는 일찍 일어나 그날의 먹을거리를 사러 가는 일부터 시작하기도 했다. 집에서 20분 거리의 시장을 둘러보며 먹고 싶은 재료를 고르고, 어떻게 요리할지 상상하며 돌아왔다. 어떤 접시에 담을지, 어떤 노래를 들으며 먹을지까지. 한 끼의 식사까지 가는 별것 아닌 고민들이 한 시간의 요가 수업처럼 나를 온종일 들뜨게 했다.

하루는 빵에 발라 먹을 소스를 만들려고 아보카도의 씨를 빼내고 있는데 문득 조금 울컥했다. 유난히도 맑은 날이었는데 반이 갈라진 아보카도와 레몬, 널브러진 고수까지 도마 위의 모든 것이 어색했다. 아름다운 그것들을 마주하고 나자 이제까지 햇빛을 받으며 무언가를 요리해본 적이 거의 없다는 사실을 깨달았다. 영업장의 주방들은 폐쇄적이고 형광등 아래 있었으며 햇빛은 물론이거니와 창문이 가까이 있는 경우도 드물었다. 무심코 지나쳤지만 어쩌면 늘 거기에 있었을지도 모르는 것들. 그것들은 기다렸다는 듯이 나를 맞아줬지만 편안한 부엌에 적응하기까지는 시간이 필요했다. 그래도 늦었지만 이제라도 알아서 다행이라, 이 순간들을 몰랐다면 긴 삶을 어찌 살아나갈 수 있었을까 하는 안도감이 차차 차올랐다.

말린 버섯과 구운 연근을 넣어 짓는 밥

버섯, 연근, 당근, 현미, 물, 식용유, 간장

—

지을 만큼의 현미를 자기 전에 물에 불려놓는다. 버섯은 잘게
찢어 소쿠리에 펼쳐 하루이틀가량 말린다. 연근은 흐르는 물
에 잘 씻어 작은 크기로 썰고, 기름을 두른 프라이팬에서 노
릇하게 굽는다. 오븐을 사용하여 구워도 좋다. 당근은 얇게 채
썬다. 현미와 모든 재료를 넣고 물을 맞춘 뒤 간장을 약간 둘
러 밥을 짓는다. 콩이나 톳을 넣어도 좋다.

말린 채소로 끓이는 들깨 된장국

시금치나 봄동 등의 국거리 채소, 버섯이나 무 등의
말린 채소, 두부, 통들깨, 다시마, 물, 된장

–

자기 전 물에 다시마, 버섯이나 무 등의 말린 채소를 넣어둔
다. 시금치, 봄동 등의 국거리 채소를 깨끗하게 씻어 적당한
크기로 썬다. 두부도 한입 크기로 썬다. 통들깨에 채소 불린
물을 조금 넣고 블렌더나 믹서기로 곱게 간다. 말린 채소를 넣
은 물을 냄비에 부어 끓인다. 끓기 시작하면 다시마는 미리 건
져낸다. 국거리 채소와 두부를 넣고 살짝 끓인 뒤 된장을 푼
다. 갈아둔 통들깨를 맛보아가며 추가한다. 거품을 걷어내며
한소끔 끓인다.

채소를 말리고, 절이고, 쌀을 불리고, 국물을 내고. 매일의 식사를 준비하는 일은 무엇을 위하여 이렇게까지 해야 하는지 끊임없이 되묻게 만들 만큼 수고스러웠다. 시간을 들여 요리하는 일에 익숙해지기 시작하면서 집에 머무는 시간도 자연스럽게 길어졌다. 그렇게 목표도 없는 실험의 나날을 보내길 반년쯤 되었을 때 나는 자연스럽게 그곳을 나의 집이라 부르고 있었다. 나의 부엌이 만들어준 나의 집. 가장 나답게 솔직해질 수 있는 나의 집은 세상 그 어느 곳보다 아늑했다. 한여름이 되었을 무렵에는 얼굴에 울긋불긋하게 피었던 염증은 어디론가 사라져버리고, 후각을 빼앗아가다시피 악화됐던 비염도 점차 좋아져 더 이상 콧등에 호흡 보조용 스티커를 붙이고 자지 않아도 되게 되었다.

아늑한
기억 속에서
헤엄치다

괜찮게 지내는 요령에 대하여

집에서의 생활이 안정되어 갈 무렵부터 종종 친구들
을 집으로 불렀다. 당차게 잘 살아내고 있는 것처럼 보
였던 친구들은 식탁에 앉으면 평소와 다른 표정을 지
었다. 그들은 마치 힘을 주는 방법을 까먹은 듯한 얼굴
로 실없는 농담을 하고 때로는 울기도 했다. 긴장감에
지쳐 있는 것은 비단 나뿐만이 아니었던 듯하다. 매일
먹는 밥을 나눠 먹고, 요즘 어떻게 산다는 이야기를 나

누고, 아무 말 없이 멍하니 창밖을 바라보는 것이 전부였지만 우리는 묘하게 따뜻했다.

작은 부엌이 선물해준 집

과일 청

과일(레몬, 유자, 모과, 하귤, 매실 등), 비정제 설탕,

볼, 저울, 유리병

–

과일은 껍질까지 사용하기 때문에 최대한 약을 쓰지 않고 재
배한 것을 구한다. 베이킹소다를 푼 물이나 식초물에 잘 세척
하여 물기를 제거한 과일은 작은 크기로 썰고 경우에 따라서
는 속껍질이나 씨를 제거한다. 손질한 과일의 무게를 재어 동
량의 설탕을 준비한다. 과육이나 과즙의 양에 따라 설탕의 양
은 유연하게 조절한다. 볼 안에 과일과 설탕을 담고 잘 섞어
설탕이 어느 정도 녹으면 소독한 유리병에 담아 밀봉한다. 완
성된 과일 청은 차, 에이드 등의 음료로 마셔도 좋고, 식초나
오일을 추가해 샐러드 드레싱으로도 활용할 수 있다. 과자나
케이크를 구울 때 사용하면 향기로운 단맛을 낼 수 있다.

요즘은 한 달에 3, 4일가량 식당을 열고 있다. 올해로 어느덧 3년 차를 맞이한 이 프로젝트는 지인의 공간을 빌려 시작해 작년부터는 집 근처 주택가 골목에 작은 작업실을 마련하여 이어가고 있다. 식당에서는 몸과 마음에 무겁지도 가볍지도 않을 만한 식사를 내어드린다. 제철의 작물들을 중심으로 모아 최대한 그것이 지닌 아름다움을 느낄 수 있도록 돕는다. 준비한 요리를 접시에 담고, 잔잔한 노래를 골라 틀고, 가끔은 화병에 꽃을 꽂고. 그리 대단할 것 없는 한 끼이지만 접시 안에 모두 괜찮게 지내고 있는지 묻는 질문과, 모두 괜찮게 지냈으면 하는 바람을 싣는다.

서울이라는 도시에서 집을 구하고 끼니를 차려 먹으며 흐트러진 균형에 대해 생각했다. 계절이 담긴 재료를 손에 넣고, 천천히 시간을 들여 밥을 차리고, 식사에만 오롯이 집중할 수 있는 시간을 가지는 일이 어쩐지 쉽지 않게 되어버렸다. 그런 시간이 삶에 있어 중요하다 감히 단정 지어도 되는 걸까 싶다가도 '집밥 같은 바깥 밥'을 찾아 헤매는 사람들을 보면 불균형을 인정하지 않을 수 없다. 어쩌면 나는 비현실적이고 사치스러운 이야기를 하고 있으며 우리는 이미 너무 멀리까지 와 있는지도 모른다. 그럼에도 그리 모순적이라 느껴지지 않는 것은 생각보다 어렵지 않은 일이라 생각하기 때문이다.

바깥일이 많아 식사를 잘 챙겨 먹지 못할 때도 햇빛이 가득한 부엌에서 식사를 준비하며 느꼈던 순간을 떠올리기만 하면 마음이 꽤 괜찮아진다. 허전함이나 갑갑함이 보드라워지는 기분이다. 매일 연락하지 않아도 존재만으로 힘이 되는 엄마처럼 말이다. 각자 마음한 켠에 아늑함을 기억하고 있기만 해도 자신이 희미해지지 않을 텐데. 나는 나의 부엌, 나의 집 안에서 얻은 기억으로 균형을 지켜가며 괜찮게 지내고 있다. 좋은 기억은 순간을 넘어 오래도록 길잡이 역할을 해준다. 모두 처음으로 돌아가자는 말은 접어두려 하지만 내가 배운 요령을 나누는 일은 계속하고 싶다.

편안한 표류의 시작

사십 대가 되면 꽃에 대해 잘 알고, 멋진 그릇을 많이 가지고 있으며, 시끄럽지 않은 맛의 요리를 할 수 있고, 녹색이 많은 곳에서 살고 싶다. 아, 고양이가 두 마리쯤 같이 있었으면 좋겠다. 이번에는 정말로 이루어질 것 같은 예감이 드는데, 어떠려나.

요나, 「2015년 6월 열네 번째 재료 '두부'」, 『재료의 산책: 여름의 일기』, 어라운드, 2018

지금도 여전히 이때의 여름과 같은 꿈을 그리고 있다. 거실의 창문가에는 어느덧 화분이 열댓 개 놓여 있고, 작년 겨울부터 고양이 두 마리도 함께 지내기 시작했으니 하나둘 이루어지고 있는 듯하다. 공식에 대입할 우선순위의 단어들을 추려낸 덕분에 예전이라면 상상도 할 수 없을 만큼 앞으로의 거처에 대한 희망이 구체적으로 변하였다.

낯선 것을 찾아 익숙한 곳에서 멀어지려고 애쓰던

때와 달리 우리나라로, 나의 집으로, 내 안으로 방향을 180도 돌리기 시작하면서부터 모든 것이 편해졌다. 뒤돌아서 바라본 나는 부끄럽도록 보잘것없었지만 더 이상 초조하지는 않다. '우리에게 필요한 것이 주변에서 때맞춰 자라나고 있기 때문에 가까운 곳의 작물을 먹고 지내는 것이 가장 이상적이다'라는 이야기를 들은 적이 있다. 자연 속에서 가장 작은 점에 불과한 우리가 어떻게 먹고 어떻게 시간을 보내다 가면 좋을지 생각이 많아지는 글귀다. 채소 요리를 즐겨 하기 시작하면서부터 '집의 식탁과 농장 사이의 거리'에 대한 관심이 부쩍 늘어났다. 늘어난 거리에 의해 생겨난 문제들은 집과 멀어지려고 애쓰던 나의 모습과 닮았다.

나물 전

여러 가지 나물, 밀가루, 물, 소금, 식용유

–

날이 따뜻해지면 여러 가지 나물이 많이 나온다. 어느 때고 먹을 수 있게 된 식재료들과 달리 나물은 그때에만 누릴 수 있는 호사다. 두릅, 쑥, 냉이, 미나리, 잎마늘, 깻순 등 원하는 나물을 잘 씻어 준비한다. 한 가지가 아닌 여러 가지를 섞어도 맛이 좋다. 물에 밀가루를 적당히 풀어 되지 않게 반죽을 만들고 소금으로 간을 한다. 반죽은 밀가루의 양을 많이 하지 않아야 나물의 맛을 잘 느낄 수 있다. 물이 완전히 마르지 않은 상태의 나물에 가루를 두껍게 묻히듯이 하여 구워도 충분하다. 달궈진 팬에 식용유를 두르고 노릇하게 양면을 구워낸다.

첫 집에서 시도했던 식사 실험은 이제 천천히 다음 단계를 준비하고 있다. 이번에도 내용은 간단하다. 근처에서 그때 나는 작물들을 바라보고 먹어보기, 솔직하게 있을 것, 두 가지가 전부이다. 대신 이번에는 장소를 도시가 아닌 곳으로 옮겨보려 한다. 식탁과 식재료 사이 거리에 대한 고민들은 거처에 대한 흥미를 자연스럽게 보다 녹색이 많은 곳으로 이끌고 있다. 준비가 되면 나를 하염없이 자그맣게 만들어주는 곳에서 살아보고 싶다. 불필요한 무모함이라는 주변의 걱정과는 달리, 편리하지 않게 살기 위해서는 얼마나 많은 지혜와 수고가 필요한지 알기에 생각만으로도 오히려 신이 난다.

어디에 살아야 할지 헤매고 있는 나에게 집을 만들어 준 부엌과 매일의 식사. 아늑함에 취해 살다 보니 고양이도, 그릇들도, 주변의 사람들도 늘어나 재미있게도 이제는 거처를 옮기는 일이 쉽지 않아졌다. 내가 과연 아늑한 구속을 내려놓고 무모한 이주에 도전할 수 있을지, 아니면 이대로 이곳에 정착할지, 아무것도 확실하지 않으며 언제든 솔직하게 반응하자 약속했다. 희망은 희망일 뿐 헤엄치는 법을 배웠으니 아무렇든 중요치는 않다. 편안한 표류를 하게 도와준 나의 부엌과 나의 집에 감사를 전한다.

작은 부엌이 선물해준 집

40일간의
집 바꿔 살기
─독일 집밥 일기

A4 다섯 장 분량의 사랑

"요나, 여름에 독일 갈래?"

지난 늦겨울의 어느 날 친구로부터 대뜸 알 수 없는
질문을 받았다. 장난인 줄 알았던 질문은 알고 보니 반
쯤 진심이 담겨 있었고, 자신의 지인이 독일에서 유학
중인데 여름 방학을 맞아 귀국하는 동안 그 집에서 두
마리의 고양이를 돌봐줄 수 있겠냐는 제안이었다. 우
리 집에도 마침 고양이가 두 마리 있으니 집을 바꿔서

살기만 하면 되는, 어찌 보면 간단한 이야기였다.

고양이들의 집이 있는 위치는 독일의 바이마르Weimar 라는 난생처음 들어보는 작은 마을이었지만 이내 날 아온 사진 몇 장에 금세 반해버렸고, 설마 하며 물어본 친구가 놀랄 정도로 그 자리에서 곧바로 승낙을 했다. 40일이라는 짧지 않은 기간이기에 생계 문제에 관한 걱정은 있었지만 나 또한 고양이들과 살기 시작하면서 부터 장기 해외여행은 포기하다시피 하고 있었기에 이보다 더 좋을 수 없는 제안이었다. 게다가 생면부지의 사람과 집을 바꿔 살아보는 경험이라니, 상상만으로도 흥미롭지 않은가.

정말로 비행기 티켓을 끊고 나자 현실이 되었고, 천천히 떠날 준비를 시작했다. 엄밀히 말해 여행도 생활도 아닌 40일을 위한 준비는 꽤나 이상한 경험이었다. 준비의 대부분은 여행지(라고 표현해본다)가 아닌 떠나갈 집을 위한 것이었다. 쉬운 일인 줄 알았다. 예전에 어느 예능 프로그램에서도 본 기억이 있는 '집 바꿔 살아보기'는 로맨틱하고 이상적으로만 보이는 이야기였다. 하지만 웬걸, 막상 떠나려고 하자 그전에는 느끼지 못했던 집에 대한 애정이 물밀듯이 쏟아졌다. 출발을 일주일 앞두고 집에 대한 '사용설명서'를 작성하기 시작했는데, 써내려가고 보니 11포인트로 적은 것이 무려 A4 다섯 장에 이르렀다.

　□ 신발은 바닥에 두지 말고 신발장 위에 올려두기
　□ 화장실 사용 후에는 문 열어놓기
　□ 샤워가 끝나면 배수구 뚜껑 닫기
　□ 일주일에 한 번 식물들 물주기
　□ 하루에 두 번 고양이 모래 청소하기
　　⋮

　집의 관리법을 가장한 불안의 문장들. 다시 읽어보면 부끄러울 정도로 별로 중요한 내용도 아니다. 사실 특별한 안내가 없어도 누구든 들어와서 바로 생활할 수 있는 평범한 집이다. 집 사용설명서는 오로지 내 욕심과 걱정의 덩어리였다. 언제든 떠날 수 있도록 가볍

게 사랑하자 다짐했던 서울의 집이었는데 나도 모르는
사이 어느덧 다섯 장의 빽빽한 사랑이 되어 있었다.

독일 집밥 일기 1

근처 광장에 매일 채소 가게 아저씨가 나온다. 납작
복숭아와 살구, 포도는 그냥 먹고 커런트는 청으로 담
갔다. 내일쯤 에이드로 먹을 수 있을 것 같다. 어제 점
심에는 초록색 흰색 껍질 콩을 볶아 오믈렛으로 만들
고 감자는 베란다의 로즈마리를 더해 구이로 했다. 햄
과 치즈도 사왔으니 호밀빵을 데웠다. 집주인 친구가
농사지어 만들었다는 살구잼이 있어서 살구 스콘도
굽고, 오랫동안 머무를 거니 크럼블과 두유 요거트도
만들었다. 그러나! 역시 쌀이 너무 먹고 싶어서, 결국
쌀을 사와 밥을 짓고 된장찌개에 감자전을 부치게 되
는 전개. 오늘은 생일이니까 미역국을 끓이고 달걀말
이를 하고 고기를 구웠다. 어제 담근 오이소박이까지,
나는 한국 아저씨인가? 반성의 의미에서 '내일은 파
스타나 피자를 해먹어야지'라고 생각하는 오늘의 일
기 끝._20190725

독일 집밥 일기 2

집 근처에 수영장을 발견해서 수영복을 샀다. 수영 후에는 배가 고플 테니 어젯밤에 피자 도우를 반죽하고 토마토소스를 만들고 잠들었다. 수영장에서 설마 했는데 생애 처음으로 물에 떴다!! 아직 몇 걸음 못가지만 정기권을 끊으려고 하니 한국 돌아갈 때쯤엔 물개를 노려본다. 피자 반죽 한쪽에는 토마토소스와 냉장고에 남은 햄을 털어 얹고, 한쪽에는 당근잎을 페스토로 만들어 바르고 가지와 양송이를 얹었다. 치즈는 여러 가지 듬뿍! 루꼴라와 발사믹도! 커런트청을 드디어 에이드로 만들었는데 먹기 아깝게 예쁘다. 아무튼

작은 부엌이 선물해준 집

배가 불러서 졸리다. 좀 쉬었다가 시나몬 아이스크림
먹으러 가야지. 오늘의 일기 끝. _20190726

독일 집밥 일기 3

드디어 근처에 맛있는 빵집을 찾았다. 매일 밤 9시
면 잠드는 노인네 라이프 탓에 아침 7시면 눈이 떠
져 금방 배가 고프다. 남은 살구 스콘 반죽을 마저 구
워 커피(유럽엔 아이스커피가 없어 얼음과 모카포트
를 구입했다. 아마 제일 아깝지 않은 소비일 듯?)와 과
일로 아침을 먹고 산책 겸 장을 보러 갔다. 오늘은 주

말이어서 광장에 나오는 채소 가게가 더 늘었는데 홍감자를 가져온 아저씨가 있어서 감자 여섯 개를 샀다. 가격은 1유로. 빵집에 들러 뜨끈한 갓 구운 빵을 사고 오로지 빵을 위한 점심을 차렸다. 된장찌개 끓이고 남은 새우로 감바스, 파스타를 하고 피자용 토마토소스를 올렸다. 납작 복숭아는 페타치즈와 올리브 오일, 발사믹으로 샐러드! 그리고 감자와 대파를 구워 감자 대파 수프. 4킬로 떨어진 공구가게까지 걸어가야 하므로 힘내서 싹싹 먹는다. 오늘의 일기 끝. _20190727

작은 부엌이 선물해준 집

독일 집밥 일기 4

이곳에 온 후 첫 일요일이다. 일요일에는 상점이 문을 닫는다고 들었지만 상상보다 굉장했다! 진짜 연 슈퍼가 하나도 없다니. 원래는 김을 사서 김밥을 말고 성으로 소풍을 가려고 했는데 김을 구하지 못해 비빔밥으로 진로를 바꿨다. 엊그제 현미를 구해서 밥이 먹고 싶었다. 아침 장보기를 허탕 치고 돌아와 불려놓은 현미로 밥을 짓고, 조금 남은 가지를 삶아 나물로 무쳤다. 주키니, 당근, 양파, 양송이는 볶고 소고기와 대파로 불고기를 만들었다. 상추 대신 루꼴라가 든 엄청

난 비빔밥이었지만 너무 맛있었다. 점심 식사 후 집
근처의 공원을 산책했는데 공원이 너무 커서 아직 10
분의 1밖에 못 본 것 같다. 독일 오고 하루에 몇 시간
씩 산책을 해서 산책 근육이 생길 것 같다. 걷던 도중
에 갑자기 피곤해져 집으로 돌아와 한 시간 반쯤 낮잠
을 잤다. 저녁에는 남은 밥으로 리소토를 만들었다. 껍
질 콩, 양파, 양송이를 볶고 당근잎 페스토 만들어둔
것으로 간을 했다. 어제 만든 감자 대파 수프와 소시
지, 맥주! 마무리는 독일식이었네. 독일 집 고양이들
에게도 첫 간식을 개시했다. 귀여운 자식들. 모두가 잘
먹고 잘 지내는 날들이다. 오늘의 일기 끝._20190728

어찌어찌 독일에 잘 도착해 8일째를 맞았다. 창문 밖으로 빨간 벽돌의 높은 담과 초록 넝쿨이 보이는 거실의 나무 책상에 앉아 이 글을 쓰고 있다. 이곳의 집은 그리 넓은 편은 아니지만, 높은 층고와 동네 할머니께 물려받았다는 앤티크 가구들 덕분에 이국적인 느낌이 물씬 난다. 게다가 침대에 누우면 삼각형의 다락 지붕 모양을 따라 난 창문 너머로 하늘이 보인다. 두 마리의 고양이들도 긴장이 풀렸는지 이따금 말을 걸고 지그시 눈을 마주친다.

40일 동안 딱히 꼭 해야 할 일도 없기에 도착한 후로 부지런히 밥을 해먹고 있다. 별 어려움 없으리라 생각했던 식사 준비도 순탄치는 않다. 시장에서 보이는 여름작물의 종류에는 크게 차이가 없어 보이지만 모양이나 크기, 맛이 달라 새롭고도 당황스럽다. 예전에 스페인에서 요리를 배우고 돌아온 친구가 도무지 빤 콘 토마테(Pan con Tomate: 생마늘과 토마토를 갈아 잘 구운 빵에 발라 먹는 스페인 요리)의 맛을 구현할 토마토를 찾지 못하겠다며 아쉬워하는 것을 보았다. 물기가 많은 한국 토마토는 갈아낸 뒤 한 번 짜내야 쓸 만하나 그마저도 맛이 밍밍하니 흉내에 그친다고. 아무렇지 않게 손에 넣었던 두부도, 나물도, 쌀도, 어렵게 구할 수는 있지만 모두 당연히도 상태가 좋지 않다. 한국에서 챙겨온 고추장, 된장, 간장도 활용은 그럴듯하나 어딘가 아쉽다. 분명히 집밥인데 집밥이 아니다. 집밥의 정의를 편안한 맛이라 한다면 오히려 빵과 올리브 오일, 치즈와 햄이 그것에 가까운 맛이다. 자칫 무료할까 걱정되었던 작은 마을 생활은 집밥의 방황 덕에 지루할 틈이 없다.

당근잎 페스토 리소토

당근잎 페스토: 당근잎, 올리브 오일, 식초, 마늘, 소금, 후추, 견과류

당근잎 페스토, 채소 또는 버섯, 채수, 올리브 오일, 두유, 소금, 후추, 밥, 취향에 따라 치즈

—

먼저 당근잎을 잘 씻어 오일과 마늘, 소금, 후추, 견과류를 넣고 블렌더로 갈아 페스토를 만든다. 원하는 채소나 버섯을 먹기 좋은 크기로 썰어 준비한다. 달군 프라이팬에 올리브 오일을 두르고 채소와 버섯을 넣어 노릇하게 익힌다. 두유와 페스토를 적당량 넣어 크림소스처럼 만들어 살짝 끓인다. 밥을 넣어 소스가 배도록 저어준다. 남은 찬밥을 이용하면 좋다. 소금, 후추로 간을 하고 취향에 따라 치즈를 뿌려 완성한다. 두유 대신 우유나 생크림을 활용해도 괜찮다.

돌아가야 할 집과 돌봐야 할 것이 생긴 탓에 아쉽게도 긴 여행이 예전만큼 설레지는 않는다. 그래도 돌아갈 곳이 있기에 떠나올 수 있고, 가끔은 떠나올 수 있기에 그리워할 수 있는지도 모르겠다. 점심에는 제육볶음과 계란국, 감자 샐러드를 만들어 먹고, 우체국에 들러 서울의 우리 집을 지켜주고 있는 유학생 친구에게 엽서를 보내려 한다. 엽서에는 낯설지만 남은 날들 동안 각자의 집을 흠뻑 그리워하는 시간을 보내자는 말과 함께, 그리움으로 따뜻해지는 마음을 알게 해주어 고맙다는 인사를 쓸 것이다.

아주 특별한 집들이 #무과수의집

•

무과수

무과수

撫果樹

부산 토박이로 살다가 대학교 때 자취를 시작한 이래
서울에서 혼자 살고 있습니다.
어루만질 '무', 열매 맺는 나무인 '과수'를 더해 만든 이름은
가진 재능을 사람들의 마음을 위로하는 데 쓰고 싶다는
뜻을 담고 있습니다.

연희동 감나무 집에 살면서 '#무과수의집' 해시태그를 통해
집의 시간들과 그 단상을 기록하고 나누기 시작했고,
이를 통해 집이라는 공간의 의미를 생각하고
계속해서 확장해가고 있습니다.

다섯 개의 도시에서 한 달씩 머물며 기록한 것들을 모아
독립출판으로 『무과수의 기록』 베를린 편을 냈으며,
현재 인테리어 플랫폼 '오늘의집'의 콘텐츠 매니저로
일하고 있습니다.

더 많은 사람들이 집이라는 공간을 통해
위로받기를 바라는 마음으로 오늘도 집의 일상을 기록하고,
타인의 집을 소개합니다.

#무과수의집
—감나무 집 이야기

감나무 집을 만나다

좋아하는 음악을 틀고, 밀린 빨래를 돌리고 쌓인 먼지를 닦아내면서 흐트러진 마음을 정리한다. 동네 와인 가게에 들러 그날의 저녁 메뉴에 어울리는 와인을 사서 즐기기도 한다. 하고 싶지 않은 것을 억지로 하지 않아도 되고, 침묵의 시간을 맘껏 누릴 수도 있다. 수많은 사람들과 부대끼는 바깥세상에서 집으로 들어오는 순간 완전한 혼자가 되고, 비로소 내 마음의 소리에 집중할 수 있게 된다.

집은 언제나 그곳에서 나를 기다리고 있다. 누구에게도 방해받지 않을 수 있는 오직 나를 위한 공간이 바로 여기 있다. 바삐 돌아가는 일상에서 잃어버린 여유를 먼 여행을 떠나서 되찾으려 했던 시간들이 있었다. 하지만 집에 마음을 쏟기 시작한 이후로는 가장 가까이에서 행복을 찾는 방법을 깨닫게 되었다. 많은 시간과 돈을 들이지 않아도 언제든 나를 위로해줄 수 있는 공간이 바로 곁에 있다는 것을 알게 된 것이다. 집은 마음을 두면 둘수록 더 큰 위로와 행복을 건네주었다. 이 모든 게 2017년 여름 '감나무 집'을 만나면서부터였다.

부산 토박이로 살다 대학교에 입학하면서 서울로 상경했다. 4인실 기숙사를 거쳐 대학교 근처 원룸에서 자취를 시작했다. 그때는 주어진 공간 안에서 최소한의 것을 지키며 사는 법을 배웠다. 밖에 있는 시간이 더 많았기에 집이라는 공간에 큰 의미를 두진 않았다. 집으로 돌아오면 오늘 하루를 잘 마무리했다는 안도감이 있었을 뿐, 그 이상도 이하도 아니었다.

그러다 졸업을 앞두고 취직을 하면서 급작스럽게 홍대입구로 이사를 가게 되었다. 손에 쥔 적은 돈으로 구할 수 있는 집은 마치 정해진 운명처럼 대체로 비슷비슷했다. 조급함과 희망을 품고 보러 간 집은 반지하이긴 해도 깔끔한 부엌과 화장실을 갖추고 있었고, 회사와 5분 거리에 있었기에 계약을 하게 됐다. 하지만 집을 구했다는 행복도 잠시, 그 행복은 그해 여름 장마와 함께 모두 휩쓸려가고 만다. 비가 세차게 내리던 날 벽에 물이 샌 것이다. 사라질 기미가 보이지 않는 굽굽한 냄새와 지워지지 않고 남아 있는 얼룩은 계속해서 나를 괴롭게 했다. 집이 작아서, 반지하라서가 아니었다. 집이 가지고 있어야 하는 아주 기본적인 기능을 하지 못하는 공간에 화가 났다. 하지만 그런 나를 더욱 서글프게 만든 건 세입자에게 책임을 전가하려는 집주인의 태도였다. 얼마 없는 보증금이, 빨래조차 제대로 널 수 없는 작은 집이, 물이 샌 벽지가 부끄럽다 생각한 적 없었는데, 처음으로 스스로가 조금 초라하게 느껴졌다.

한번은 출장 때문에 집을 비운 사이 친구가 머물렀던 적이 있었다. 집으로 돌아와 물을 꺼내 마시려고 냉장고를 열었는데 과일 봉지 하나가 덩그러니 놓여 있었다.

'냉장고가 너무 텅텅 비어 있길래 과일을 좀 사다 넣어놨어.'

텅 빈 냉장고를 보고 꽤나 놀란 모양이었다. 그러고 보니 이 집에 이사 온 후 물 말고는 냉장고를 채워본 적이 없었다. 순간 고마운 마음에 울컥했다. 그 작은 냉장고 하나도 제대로 채우지 못하고 살아가는 내 삶이 서글퍼서. 그 뒤로 나는 이사를 가기로 결심했다. 다른 집, 아니 나를 다시 찾고 싶었다.

그날도 여느 때와 다름없이 빈 방이 있다고 해서 집을 보러 갔는데, 전날 다른 부동산에서 이미 계약을 했다는 사실을 뒤늦게 알게 되었다. 부동산 아주머니는 미안했던지 다른 층의 비슷한 방을 보여주셨지만 원하는 조건에 맞지 않았고, 허탈한 마음을 감출 수 없었다. 그런 마음이 표정에도 드러났는지 아주머니가 무언가 결심한 듯 말하셨다.

"예쁜 집 하나 있는데, 그거 보여줄게! 가자!"

나는 목적지도 모른 채 아주머니 뒤를 졸졸 따라 나섰다. 여길까, 저길까 혼자만의 상상의 나래를 펼친 끝에 도착한 곳은 나무로 된 계단이 있는 다가구 주택이었다. 보려는 집은 맨 꼭대기 층에 있었다. 현관문이 열리자마자 작은 부엌이 바로 보이고, 좁은 복도를 지나면 공간이 나오는 독특한 구조의 집이었는데, 보자마자 나도 모르게 탄성을 내뱉고 말았다. 마치 유럽에나 있을 법한 멋진 창이 있는 다락방 같은 구조의 집이었다. 이 집을 만나려고 그렇게 힘든 시간을 지나왔나 싶을 정도로 첫눈에 반해버렸다. 나는 몇 가지 기본적인 사항을 확인한 후 더 생각해볼 것도 없이 곧바로 집을 계약하겠다고 했다.

마침내 이사를 하던 날, 주인아저씨와 창 너머에 있던 푸릇푸릇한 나무를 보며 나눴던 대화가 떠오른다.

"저 창밖에 보이는 게 감나무인데, 손을 뻗으면 따먹을 수도 있겠어요."

아저씨가 가리킨 곳에는 과연 커다란 나무가 줄기와 가지를 뻗고 있었다. 그때부터였을까. 앞으로의 삶이 걱정되기보다 기대되고, 창밖과 주변을 관찰하며 다음 계절을 기다리며, 시간을 들여 스스로의 마음을 살피기 시작한 것이.

별거 아닌 행복

미리 사다 둔 시리얼로 아침을 챙겨 먹고, 집 앞 테라스로 나가 햇빛 아래 빨래를 탈탈 털어 널었다. 매번 방 안에서 축 늘어져 있던 빨래만 보다가, 맑은 하늘 아래 바람이 스치는 대로 자유로이 휘날리는 모습을 보고 있자니 나도 모르게 웃음이 나왔다. 감나무 집은 창문이 세 개나 있어 햇살과 시원한 바람이 방 안 가득 들어온다. 이 집을 고른 가장 큰 이유 중 하나가 바로 이 독특한 모양의 창문 때문이었다. 처음 이사 왔을 때는 푸릇한 잎만 무성했는데, 여름의 끝자락에서 가을로 넘어가면서 열매가 하나둘 열리기 시작했다. 바빠 살다 보면 매번 반 박자 늦게 계절을 알아차리게 된다. 온몸을 웅크리게 하던 찬바람 대신 벚꽃이 날려야 봄, 더 이상 밤공기가 선선하지 않고 후텁지근해지면 여름, 나무에 빨갛고 노란 색이 입혀지면 가을, 입김이 나오고 눈이 내리면 겨울이구나, 하는 식이다. 하지만 감나무 집에 살고부터는 계절의 변화를 한발 앞서서 알아차릴 수 있었다.

유독 추웠던 날의 퇴근길, 항상 후다닥 현관문 안으로 들어가곤 했었는데 그날은 어째선지 담벼락 아래에서 발길이 멈췄다. 그리고 담벼락 위로 뻗어 있는 나뭇가지에 시선을 고정했다. 분명 내내 아무것도 없던 앙상한 가지였는데, 그 끝에 난 싹을 우연히 발견한 것이었다. 혹시 잘못 본 게 아닐까 싶어 확인하려고 한참을 서서 관찰했는데 알고 보니 그건 바로 '겨울눈'이었다. 잎눈 혹은 꽃눈이 추위에 어는 것을 막기 위해 나무는 다양한 방법으로 겨울눈을 만들어내고, 이 상태로 혹독한 겨울을 견딘다고 한다. 활짝 필 날만 기다리며 웅크리고 있는 겨울눈이 괜스레 대견해보였다. 그 뒤로 아침저녁 출퇴근길에 틈틈이 나무를 관찰하기 시작했다.

무과수

쉽게 풀리지 않던 기나긴 겨울의 끝자락에도 겨울눈
은 묵묵히 견뎌내며 자라났고, 드디어 당장이라도 꽃
을 피울 듯 만개할 타이밍을 노리고 있는 꽃봉오리를
볼 수 있는 계절이 왔다. 곧 활짝 핀 꽃을 볼 수 있다는
사실에 마음이 설레었다. 그런데 문득 뭔가 이상하다
싶었다. 감나무에 이렇게 큰 봉우리의 꽃이 핀단 말인
가? 나는 주인아저씨에게 안부를 전하며 창밖에 핀 꽃
의 이름을 물어보았다.

지금 피는 꽃은 '목련꽃'입니다. 앞 화단에 조금 있
으면 피는 꽃은 '접벚꽃'. 좋은 주말 되세요.

-연희주인-

여태까지 너무나도 당연하게 창밖에 보이는 나무가
모두 감나무일 거라고만 생각했는데, 새로운 계절이
또 다른 나무의 존재를 알려주었다. 봄에는 목련과 벚
꽃이, 여름과 겨울에는 감나무의 잎과 열매가 우리 집
창밖의 풍경을 가득 채워줄 것이다. 다양한 풍경을 보

며 살라고 일부러 시기별로 다르게 피는 나무를 심어 놓으신 것일까. 주인아저씨의 세심함 덕분에 나는 창을 통해 계절마다 다른 풍경을 보며 살아가고 있다.

별거 아닌 게 괜스레 위로가 될 때가 있다. 아침 열시면 어김없이 창가로 들이치는 따스한 햇살이, 직접 고른 건강한 재료로 차려낸 소박한 한 끼가. 허기진 마음을 채워주는 건 정신없이 사느라 놓치고 살았던 지극히 평범한 일상이었다.

무과수

주변을 찬찬히 둘러보는 것에 대한 소중함을 알게 된 이후 집이라는 공간에 점점 마음을 쏟기 시작했다. 그러자 놓치고 살았던 것들이 하나둘 보이기 시작했다. 자연스레 나를 위로하고 행복하게 해주는 것이 무언인지를 깨닫게 되었다.

그때부터 집에서 위로받은 순간들을 SNS에 기록하기 시작했다. 집에 관해서 꾸준히 기록하다보니 점점 그 안에서 다양한 카테고리가 생겨 이야깃거리가 늘어갔다. '#무과수의집' 해시태그로 시작한 이야기는 점차 #무과수의식탁, #무과수의영수증, #무과수의취향 등으로 확장되었고, 매체 인터뷰와 원고 의뢰도 들어왔다. 국내뿐 아니라 해외 매체에서도 나의 집과 생활을 소개하고 싶다는 제안을 해왔다. 나의 이야기에 사람들이 귀를 기울여주기 시작한 것이다. 그건 특별하기 때문이 아니었다. 아마도 나의 기록들이 우리가 바삐 사느라 놓치고 사는, 평범한 일상 속 행복을 떠올리게 하기 때문이 아니었을까.

집의 취향
―에어비앤비에서
오늘의집까지

취향을 담은 공간이 좋은 이유

'어떤 취향을 갖고 있나요?'

참 어려우면서도 흥미로운 질문이 아닐까 싶다. 우리는 매일 무언가를 어떤 형태로든 소비한다. 소비를 찬찬히 뜯어보면 필요에 의해 사는 물건도 있고 꼭 필요하지 않은데도 왠지 모르게 마음이 끌려서 사는 물건도 있다. 후자의 경우는 아무래도 그 사람의 취향이 깊게 배어나온다. 그런 물건들이 자연스레 집 곳곳에 자리를 잡고, 시간이 쌓이면서 집은 그곳에 사는 사람을 잘 드러내주는 공간이 된다.

처음부터 집 관련 소비에 의미를 둔 건 아니었다. 새 집으로 이사를 갈 때마다 가지고 있던 물건을 버리고 새로 사는 것이 더 의미 있다고 여긴 날들도 있었고, 그런 행위에서 짜릿함을 느끼기도 했었다. 하지만 그 행복은 오래가지 않았다. 별 고민 없이 단순히 '산다'는 행위에서 오는 찰나의 기쁨이었기에 그만큼 소모적이었다. 그런 식으로 충동구매한 물건은 이사를 앞두고 가차 없이 버림받았고, 그런 소비 패턴은 계속 반복됐다. 그러다 몇 년 전, 베를린의 어느 할아버지의 에어비앤비 집에 일주일간 머문 이후로 '물건'을 바라보는 시각이 확 달라졌다.

나는 할아버지 집에서 부엌을 가장 좋아했다. 다홍색 타일과 노란색 벽지의 조합에 세월이 느껴지는 나무 선반으로 만들어진 싱크대. 그리고 벽 선반에 나란히 놓인 다양한 컬러의 티포트와 찻잔들. 가장 놀랐던

건 찬장 속에 가지런히 정리되어 있던 그릇과 냄비였는데, 할아버지의 지나온 세월이 그대로 담겨 있었다. 모두 빛이 바래 있었지만 그 어떤 화려한 찬장보다도 멋스럽고 탐이 났다. 새것은 얼마든지 돈을 주고 살 수 있지만, 지나온 시간은 원한다고 가질 수 있는 게 아니니까. 나는 세월이 가지는 힘에 대해 다시 생각하게 되었다. 빈티지를 돈을 주고 사는 방법도 있지만, 고심해서 고른, 내 취향인 물건과 오랫동안 함께하면 그 또한 빈티지가 될 것이기에 나는 지금부터 조급해하지 않고 하나씩 천천히 물건을 수집해나가기로 결심했다. 먼 훗날 집안 곳곳에 자리 잡고 있을 모습을 상상하면서.

천장에 달린 올리브색 펜던트 조명, 빈티지풍 패턴의 카펫, 짙은 나무색의 책장 그리고 그곳을 가득 채우고 있는 책과 잡지. 집 구석구석의 모든 것이 내가 좋아하는 컬러와 모양, 그리고 관심사다. 말로 설명하지 않아도 이 공간이 나를 말해주고 있다.

처음부터 자신의 취향을 오롯이 담아서 공간을 꾸미

는 것은 쉽지 않은 일이기에 보통은 먼저 트렌드를 따라가게 된다. 그러면서 조금씩 자신이 정말 좋아하는 것과 그렇지 않은 것을 구분하게 되고, 그에 대한 관심이 깊어질수록 확고한 자기만의 취향이 된다.

취향을 안다는 것은 결국 스스로를 안다는 말과 같다. 내가 정말 좋아하는 것이 무엇인지를 아는 것은 살아가는 데 힘이 된다. 무엇 하나 확신하기 어려운 세상 속에서 주어지는 매 순간의 선택을 크게 주저하지 않고 자신이 원하는 방향으로 끌고 나갈 수 있게 되는 것이다. 취향은 한순간에 생기는 것이 아니라, 시간과 함께 쌓이고 깊어진다. 그 마음은 조금 더 내면을 단단하게 만들어 스스로에 대한 확신의 근거로 자리 잡게 된다.

집이란 자기 선택에 의해서 바꿀 수 있는 공간이다. 나의 선택과 취향이 반영된 공간은 곧 자신이 누구인지를 말해주는 곳이 되고, 타인에 의해 쉽게 흔들리지 않는 나만의 울타리가 되어준다.

공간과 더불어 삶을 공유하는, 에어비앤비

대학교 3학년을 마치고 휴학을 했다. 이유는 하나, '다른 나라에서 살아보고 싶어서.' 방콕을 시작으로 도쿄, 프라하, 베를린, 부다페스트 이렇게 다섯 도시에 한 달 이상 살아보는 여행을 떠나게 되었다. 중요한 포인트는 '살아보는' 것인데, 단순 여행보다는 현지인의 삶 속에 자연스레 스며들고 싶었기 때문이다. 별다른 일정 계획도 없던 내가 가장 중요하게 생각했던 게 바로 '숙소'였다. 깔끔한 호텔, 다양한 사람들과 교류하는 게스트하우스도 물론 좋지만, 에어비앤비는 전 세계 현지인의 집을 경험할 수 있는 숙박 공유 플랫폼인 만큼 그 나라의 리얼 라이프를 경험할 수 있다는 게 가장 큰 매력으로 다가왔다. 에어비앤비 앱으로 전 세계의 집들을 둘러보고 있노라면 '세상에 이런 집이!' 하고 입이 떡 벌어질 만큼 화려한 집, 동화책에서나 볼 법한 아기자기한 집, 거대한 자연에 둘러싸인 집 등 정말 '집'이라는 공간이 이렇게나 다양한 영감을 줄 수 있구나, 새삼 깨닫게 된다.

긴 여행에서 돌아온 후, 에어비앤비로부터 공식 블로그를 운영하는 일을 제안 받았다. 관광지보다는 그 나라의 생활 템포를 느낄 수 있는 공간을 좋아하고, 현지인의 집과 그곳에 사는 사람들에게 관심이 많았기에 에어비앤비가 추구하는 방향성에 진심으로 공감하며 일할 수 있었다. 국내 곳곳에 있는 호스트를 만나며 그들의 집과 삶의 이야기를 취재했다. 파주, 화천, 제주도, 부산, 통영, 경주, 전주까지 전국을 돌아다니며 호스트를 인터뷰하고, 주변 동네를 찬찬히 들여다보고 소개하는 글을 썼다.

호스트를 선정할 때 내 나름의 기준이 있었는데, 집의 규모도, 화려한 인테리어도 아닌 아주 소소한 것이었다. 이를테면 선반에 놓인 그릇, 세월이 느껴지는 테이블, 창밖으로 보이는 풍경 같은 사소한 디테일에서 취향을 엿보며 어떤 사람일까 상상했고, 신기하게도 그렇게 고른 집의 호스트는 대부분 삶에 대한 주관과 개성이 뚜렷했다.

걸어서 5분 거리에 바다가 있는 집에서 두 아이와 함께 살아가는 제주 집, 대문을 열자마자 푸릇한 산과 들판이 보이고 마당에는 하얀 빨래가 펄럭이던 경주 집, 아내와 함께 서울살이를 접고 산속 깊은 곳에 자리 잡고 건강한 제철 음식을 내어주며 살아가고 있는 화천 집 등 국내 곳곳에 있는 각양각색의 집과 삶을 마주할 수 있었다. 집의 형태와 스타일은 모두 달랐지만 그들의 공통점은 '집'이라는 공간에 삶을 투영하고, 그것을 타인과 공유하고 있다는 것이었다.

인터뷰 마지막 질문은 항상 "어떤 삶을 살고 싶으신가요?"였다. 신기하게도 대부분 거창한 꿈이 아니라 지금 살고 있는 집을 중심으로 함께 살아가는 사람과 어떻게 더 지금의 삶을 잘 누릴 수 있을까에 대한 고민을 계속해서 하고 싶다고 말했다. 내가 중심인 삶을 어떻게 지속하느냐는 사소한 일상에서 시작되는 것이고, 타인에 의해 흔들리지 않고 자신이 직접 만들어가는 행복을 택한 사람들의 집은 아름다웠다.

국내외의 다양한 집에 머물면서 나는 삶의 기본에 대해 다시 생각하게 되었고, 좋았던 경험들이 차곡차곡 쌓여 자연스레 집의 소중함을 느낄 수 있었다. 누군가가 자신의 공간을 기꺼이 나눠준 경험 덕분에 지금의 내가 있을 수 있었고, 나 또한 어떤 방법으로든 이 가치를 계속해서 나누고 싶다고 생각했다.

공간의 변화로 삶을 바꾸는, 오늘의집

우연히 본 채용 공고가 내 삶을 바꿔놓았다. 인테리어에 관련된 일을 할 거라곤 상상조차 해본 적이 없기에 지금 생각해도 놀라운 일이 아닐 수 없다. 나는 현재 '오늘의집'에서 콘텐츠&커뮤니티 매니저로 일하고 있다. 오늘의집은 콘텐츠부터 스토어, 전문가 시공 서비스 등 인테리어에 필요한 정보를 한 번에 볼 수 있는 원스톱 인테리어 플랫폼이다. 그중 오늘의집의 메인 콘텐츠인 '온라인 집들이'는 온라인에서 집을 소개하는 방식을 일컫는 말인데, 오늘의집의 중요한 시작점을 만들어준 콘텐츠이기도 하다.

나의 업무 중 가장 중요한 일과는 아직 세상에 드러나지 않은 예쁜 집을 발견하고 그에 관한 이야기를 더 많은 사람과 공유할 수 있게끔 돕는 것이다. 이 일을 시작하고부터 지금까지 하루도 빠짐없이 수많은 집을 봐왔지만, 집의 형태, 평수, 구조부터 인테리어와 더불어 집주인의 라이프스타일까지 저마다 다르기에 여전히 센스 넘치는 공간을 마주할 때마다 새롭고 짜릿하다.

과거에는 누군가의 집 안을 들여다본다는 것 자체가 미지의 영역이었다. 하지만 지금은 시대가 달라졌다. SNS를 통해 우리나라뿐만 아니라 전 세계 사람들의 집을 스마트폰 하나로 둘러보는 것이 가능해졌다. 그러다 보니 자연스레 예쁜 집에 대한 로망을 갖게 되고, 정보와 선택지가 늘어나면서 꿈꾸는 인테리어에 쉽게 접근하고 실현할 수도 있게 됐다. 오늘의집은 이런 정보를 발 빠르게 모으고 가공하여 공유하기 시작했고, 그게 바로 지금의 '온라인 집들이'로 자리 잡게 되었다.

인테리어에 대해서 잘 모르던 유저가 온라인 집들이 콘텐츠를 참고해서 집을 꾸민 뒤 자신의 이야기를 다시 들려줌으로써 정보 공유의 선순환이 일어났고, 그 결과 오늘의집은 80만 개 이상의 인테리어 사례를 보유한 서비스로 성장할 수 있었다.

물론 집을 꾸미는 것은 필수가 아니라 선택이다. 인테리어에 대한 관심이 늘고 있다고 하지만 아무 관심조차 없는 사람들도 여전히 많다. 어느 정도의 돈과 시간도 있어야 하지만, 무엇보다 집을 돌보려는 마음의 여유가 필요하다. 나 하나 챙기기도 어려운 바쁜 삶 속에서 집에 관심을 둔다는 건 여간 쉽지 않다. 유목민처럼 떠도는 세입자라면 집에 애정을 쏟기가 더 어렵다. 그럼에도 불구하고, 단 한 번이라도 집을 꾸며보라고 말하고 싶다.

그저 잠만 자던 공간도 공들여 꾸밈으로서 비로소 관심을 가지게 되고, 그렇게 마음을 쏟다 보면 집을 이전과는 다른 시각으로 바라볼 수 있게 된다. 집이라는 공간에 의미를 부여하는 순간, 특별한 공간으로 탈바꿈되는 것이다. 꼭 큰 비용을 들여 전체 인테리어를 바꾸라는 말은 아니다. 테이블에 어울리는 찻잔 하나를 들이거나, 좋아하는 포스터를 벽에 붙이는 것도 집 꾸미기의 시작이니까. 소소한 변화는 공간을 채우는 재미로 번지고, 곧 내 손으로 직접 만들어가는 공간에 대한 기대로 이어진다. 그리고 삶도 조금씩 변화하기 시작한다.

집에 마음을 두기 시작한 후, 이전에는 별 생각 없이 대충 사서 채워 넣던 물건들을 이제는 찬찬히 살펴보고 고민한다. 오래 두고 보고 싶은 물건인지, 지금 내가 가지고 있는 물건과 잘 어우러지는지, 조금 더 내 취향의 디자인은 없는지. 집에서 보내는 시간도 전보다 더 좋아진다. 귀찮아서 대충 때우던 끼니를 더 잘 챙겨야겠다는 생각이 들기 시작한다. 매번 밖에서 만나던 친구들을 이젠 집으로 하나둘 불러들인다.

나는 공간을 가꾸는 시도가 삶을 변화시킨다고 믿는다. 그래서 더 많은 사람들이 집을 꾸미는 것을 시작으로 집이라는 공간을 좋아하지 않을 수 없게 돕고 싶다는 마음으로 일하고 있다. 모든 집이 마음의 안식처가 되는 날까지, 계속해서 사람들에게 질문을 던질 생각이다.

"당신에게 집은 어떤 의미인가요?"

집에 관한
행복한
상상

우리 집에 놀러 와요

여름이 곧 시작될 것만 같은 날씨, 산책하기 딱 좋은
온도의 밤과 달리 낮은 벌써 뜨거운 햇살로 가득 차 있
다. 1년 채워 살 수 있을 거라 생각했던 감나무 집에서
의 이사 날짜가 정해졌다. 아쉽게도 두 달을 남겨놓고
떠나게 되었다. 이 집은 곧 전체 수리가 시작된다고 했
다. 문득, 집을 떠나기 전 이 공간으로부터 받은 위안
을 다른 사람과도 나누고 싶다는 생각이 들었다. 어쩌

면 '무과수의 집'이 또 다른 사람의 안식처가 될 수 있지 않을까? 낯선 사람을 집으로 초대하는 것에 대한 걱정보다 함께 나누고 싶다는 들뜬 마음이 앞섰고, 곧바로 SNS에 글 하나를 올렸다.

내일 저희 집에 놀러 오실 분 있으신가요? 저녁 7시부터 10시까지 음악을 들으며 자유롭게 얘기를 나눌까 합니다! 각자 먹고 싶은 음식과 음료를 챙겨오세요!

글을 올리자마자 많은 사람들에게 연락이 오기 시작했다. 생각지도 못한 반응에 깜짝 놀랐다. 요즘은 옛날처럼 동네 이웃과의 교류가 많지 않고, 바쁘게 살다 보면 친한 친구들과도 메시지로 안부 묻기조차 어려울 때가 많다. 그래서인지 SNS를 통한 집 초대는 신선한 이벤트로 받아들여진 것 같았다.

세 시간을 예상했던 첫 만남은 다섯 시간이 훌쩍 지나고서야 마무리되었다. 이야기를 나눈 지 얼마 되지 않았는데도 우리의 이야기는 금세 깊어졌다. 만난 시간이 중요한 게 아니라 어떤 마음으로 서로를 대하느냐가 더 중요한 것이라는 걸 다시 한번 깨닫는 순간이었다.

감나무 집으로의 초대는 총 세 차례 이어졌다. 나는 이 만남을 통해 집이라는 공간을 통해 누릴 수 있는 또 다른 행복을 경험할 수 있었다. 그리고 '무과수'라는 또 다른 이름으로 살아가고 있는 작디작은 나의 존재가 더 많은 누군가에게 위로를 건넬 수 있었으면 좋겠다고 생각했다.

어릴 때 기억을 떠올려보면 가장 먼저 생각나는 것은 동네의 슈퍼마켓과 미용실이다. 엄마가 집에 없으면 너무나 당연스레 가장 먼저 찾아갔고, 아니나 다를까 슈퍼마켓 앞 평상에서 동네 이모들과 옹기종기 앉아 자판기 커피를 마시며 수다를 떨고 있는 엄마를 쉽게 찾을 수 있었다. '동네 이웃'으로 한데 묶인 우리에게는 서로의 집을 드나드는 것 또한 아주 자연스러운

일이었다. 드라마 '응답하라' 시리즈가 남 일 같지 않던
때였다.

"이거 슈퍼 이모 집에 갖다 주고 온나."

맛있는 게 생기면 이런 심부름을 하기 일쑤였는데,
가득 채워진 그릇을 들고 가면 빈손으로 돌아오는 법
이 없었다. 자연스레 정을 주고받던 그때. 언제든 집에
찾아가서 문을 두드리고, 맛있는 것을 나눌 수 있던 그

런 때가 있었다. 언제부터였을까, 이웃이라는 개념이
희미해진 것이. 나는 그때를 그리워하며 지금은 어디
서 무얼 하고 있는지 모를 동네 이웃의 안부를 종종 궁
금해한다. 다들 그때를 어떻게 기억하고 있을까, 나처
럼 그리워하고 있을까.

그 모든 생활에 익숙해져가던 어느 날, 감나무 집에
서 인터뷰가 있었다. 촬영에 쓰일 음식을 만들었는데
버리자니 아깝고 혼자 먹기엔 양이 많아서 고민하고
있는데, 문득 집 초대 프로젝트 때 '저도 연희동에 살
아요'라고 메시지를 보냈던 사람이 떠올랐다. 나는 불
쑥 메시지를 보냈다.

  '안녕하세요! 혹시 지금 시간 괜찮으신가요? 제가
  인터뷰 촬영 때문에 음식을 만들었는데, 함께 먹으면
  어떨까 싶어서요.'

  '어머나! 실례를 무릅쓰고 시간 괜찮다고 해도 되
  나요?'

그게 우리의 첫 만남이었다. 얼굴도 나이도 무엇 하나 아는 것 없이, 그저 동네 이웃이라는 사실 하나만으로 그녀를 집에 초대했다. 맛있는 음식을 혼자가 아니라 둘이 먹을 수 있고, 가장 편안한 공간에서 이야기를 나눌 수 있다는 게 좋았다. 그 뒤로도 우리의 만남은 계속됐다. 종종 서로의 안부를 묻기도 하고, 시간이 맞으면 함께 저녁을 먹기도 하고, 가까이 있으니 나눠주고 싶은 것들이 자꾸만 늘어났다.

늦은 시간이 되어서야 퇴근했던 날, 집에 도착했는데 문고리에 검은 봉지 하나가 걸려 있었다. 안에는 싱싱한 치커리와 빨갛고 달달한 자두 두 개가 담겨 있었다. 함께 들어 있는 쪽지를 펼쳐보니 바로 그 이웃이 가져다 놓은 것이었다. 부모님께서 직접 키우신 건데 문득 내 생각이 났다고 했다. 지쳐 있던 그날, 그 봉지 하나가 나에게는 큰 위로가 됐다. 아무도 없는 집에 다녀가는 사람이라곤 택배 아저씨뿐이었는데. 나를 떠올려준 그 마음이 고마웠고, 그런 사람이 곁에 있다는 사실이 감사했다. 그 뒤로도 동네 이웃은 내 생각이 날 때마다 이따금 문고리에 무언가를 걸어두곤 했다.

갓 구운 빵을 식기 전에 가져다줄 수 있고, 집에 있는 재료로 만든 저녁을 함께 나눌 수 있고, 혼자 먹기 아쉬운 야식을 함께 먹자고 불러낼 수 있다는 것. 친구와 이런 소박한 일상을 나누기 어려워진 것은 마음의 문제만이 아닌, 물리적인 거리라는 현실의 벽 때문이기도 하기에 우리에겐 이웃이 필요하다. 더 작은 마음을 쉽게 나누기 위해서, 내어주는 것이 더 자연스러운 일이 되기 위해서.

오늘의 집과 미래의 집

재밌는 인터뷰가 하나 들어왔다. 도시를 만들어 이름을 짓고, 법을 만들어 그곳의 시장이 되어보는 것이다. 나는 '베르토'라는 이름의 새로운 도시를 짓고, 거리에 있는 즉석사진 부스에서 사진을 찍고 그중 한 장은 잘라서 보관통에 넣는 '즉석사진 나눔법'을 만들었다. 그리고 그 사진으로 사진전을 열어 함께 사는 이웃이 누구인지 서로의 삶을 공유할 수 있는 장을 만들거라 했다. 임기를 마치면 뭘 할 거냐는 질문에는 조용한 근교로 떠나 작은 마을을 만들고 싶다고 답했는데, 그 대답은 조금 더 진심이었다.

나는 언젠가 비슷한 결을 가진 사람들과 함께 마을을 만들어 살고 싶다. 위치는 바다나 산 근처면 좋겠다. 각자의 소소한 재능으로 우리만의 페스티벌도 열고, 여름에는 시원한 맥주와 밤공기를 즐길 수 있는 야외 상영회도 운영한다. 직접 가꾼 텃밭에서 얻은 작은 수확을 함께 나누고, 종종 각자 음식을 준비해 와 기다란 테이블에 둘러앉아 식사를 한다. 매일 식탁 위에 건강한 식재료가 올라오고, 갓 만든 빵과 함께 커피를 내려 마시는 여유가 지극히 당연한 일상이 되는 삶. 상상만으로도 벌써 에너지가 차오르는 기분이다.

미래의 집을 상상하는 것만으로도 마치 지금 당장

선택을 눈앞에 둔 듯 설레면서도 진지한 고민이 시작된다. 다양한 삶이 있듯, 집 또한 너무나 다양한 형태가 존재하기 때문이다. 이런저런 집에서 살아보고 싶은 마음, 그 마음이 어쩌다 여행에 반영이 되어, 2017년 다섯 개의 나라에서 한 달을 살아보는 프로젝트를 시작했고 다양한 집에서 머무는 여행을 계속해서 이어나가고 있다. 직장을 다닌 뒤로는 이전처럼 긴 시간을 내기 어려워졌지만, 여전히 한곳에 오래 머무는 여행을 지향하는 중이다. 해외가 아니더라도 다양한 지역과 동네에 마음에 드는 집이 있으면 훌쩍 떠나곤 하는데, 주변에 즐길 거리가 없어도 상관없다. '집'에서 머무는 게 여행의 가장 큰 목적이니까. 더불어 어떤 집에서 내가 가장 자연스러울 수 있고, 내가 추구하는 행복에 더 가까워질 수 있는지를 몸소 경험하며 미래의 집의 그림을 구체화해나가고 있다. 나의 마지막 집은 과연 어떤 모습일까? 나도 정말 궁금하다.

삶이란 건 선택의 연속이고 행복에 절대적인 기준은

아주 특별한 집들이 #무과수의집

없다. 무엇에 만족하고 행복할지는 결국 자신에게 달렸다. 하지만 일상 속에도 충분한 행복을 느낄 수 있다는 사실을 아는 것은 살아가는 데 꽤나 큰 위로가 된다. 감나무 집에서의 일상은 나에게 작은 것에도 행복할 수 있는 법을 알려주었다. 우리 집에 몇 시에 해가 뜨고 지는지, 창가의 바람은 어디에서 불어오는지, 흙이 묻어 있는 채소를 손으로 직접 씻어내고 다듬는 작은 노동의 기쁨, 고슬고슬한 갓 지은 밥의 맛까지.

지친 내 마음을 위로하는 건 화려한 일탈이 아니라 소박한 일상이라는 것을 깨닫는 순간 버거운 삶이 조금은 가벼워진다. 치열하게 목표를 향해 달려가야 하는 바깥세상에서 적어도 집이라는 공간으로 돌아왔을 땐, 현관에서 그 마음을 잠시 털어내고 타인이 아닌 자신에게 오롯이 집중하는 시간을 가지는 것. 그 시간은 정신없이 흘러가는 세상 속에서 자칫 사라져버리기 쉬운 나라는 존재의 의미를 계속해서 다잡아준다. 큰 것에 욕심내거나 조바심내지 않고, 주어진 것이 부족하다고 느끼기 전에 주어진 것을 충분히 잘 누리고 있는지를

살펴볼 수 있는 여유. 그런 시간이 켜켜이 쌓이게 되면 조금 더 견고한 마음으로 삶을 살아갈 수 있게 된다고 믿는다.

이러한 행복을 한 집에서 오랫동안 느낄 수 있다면 참 좋겠지만 그러기가 쉽지 않다. 한곳에 제대로 정착하기 전까지는 계속해서 집을 옮겨 다닐 수밖에 없는 현실 또한 나의 숙명인 것을 알고 있다. 하지만 어차피 그래야 하는 거라면, 살아가는 동안 최대한 많은 집을 보고 경험하며 계속해서 내가 편히 쉴 수 있는 공간으로 만들어가고 싶다. 잠깐 머무는 집이라 할지라도 '내 집이구나'라고 느낄 수 있게 마음을 담아 공간을 가꾸며, 그 안에서 누릴 수 있는 행복을 더 이상 유보하지 않고, 한껏 위로받으며 살아가고 싶다. 그래서 오늘도 나의 온기로 가득한 방 안에서 이렇게 글을 쓴다. 가장 편안한 마음을 하고서.

어느 동식물원 연대기

·

진명현

진명현

Billy Jin

영화사 백두대간, 키이스트, KT&G 상상마당에서
영화 마케팅과 기획을 했고,
현재는 독립영화 스튜디오 무브먼트MOVement를
꾸려나가고 있습니다.
자의 반 타의 반으로 느지막이 독립한 후,
집과 동식물원 사이 그 어디쯤에서
고양이 옥희와 덕희를 모시는 집사로 살아가는 중입니다.

집의 온기

일곱 살 때부터 나는 여섯 식구 체계의 가족 안에서 살아왔다. 엄마와 아빠 나와 동생까지 평범한 4인 가족 구성에 할머니와 할아버지를 모시고 살면서 우리는 6인 가족이라는 대가족이 되었고 내가 20대 후반이 되어 두 분이 돌아가실 때까지 그 관계는 20년 넘게 지속되었다.

애틋하고 안타깝게도 조부모님 두 분 다 병환으로 집에서 돌아가셨다. 태어나서 처음 겪는 가까운 이의 죽음은 낯설고 받아들이기 어려웠다. 조부모님 두 분이 돌아가신 이후, 외갓집에 홀로 계시던 외할머니도 우리 집으로 오셨다. 집에 오실 때부터 건강 상태가 매우 좋지 않으셨기 때문에 집에서 함께한 시간은 짧았고 외할머니 역시 우리 집에서 임종을 맞으셨다. 세 분 모두 치매로 조금씩 기억을 잃어가며 세상을 떠나셨다. 세 분의 건강했던 중년 시절을 또렷하게 기억하던 나에게 무언가를 속수무책으로 잊고 잃어가는 분들을 매일 만난다는 것은 가슴 아픈 동시에 무섭고 의아한 일이었다.

각각 6남매와 7남매의 둘째 아들과 첫째 딸이었던 부모님 사이에서 장손으로 태어난 나는 유독 어른들의 사랑을 많이 받고 자랐다. 사랑을 받은 만큼 돌려주어야 한다는 사실을 제대로 알지 못했던 20대에는 그저 침대 곁에서 훌쩍거리며 손을 잡아드리는 정도로밖에 그분들이 선물해준 애정의 시간들을 다 갚지 못했다.

그렇게 불과 몇 년 사이 조부모님들의 죽음을 연이어 맞이했다. 그것은 오랜 기간 유지되었던 가족 관계의 커다란 틈이 되었다. 나는 그 틈에서 부모님의 외로

어느 동식물원 연대기

움과 유실된 공간의 기운들, 그리고 집 구석구석 산재한 떠난 이의 기억으로 혼란스러운 시간을 보냈다. 영원한 관계란 것은 없고 죽음이란 것은 삶의 순서라는 명징한 사실을 이해하면서도 받아들이긴 어려운 시간이 지났다.

연년생인 동생이 결혼한 시점도 조부모님들을 떠나보낸 그 시기 즈음이었다. 동생이 결혼해서 집을 떠나자 여섯 식구가 살던 집은 나와 부모님 이렇게 세 명이 살기엔 적적한 공간이 되었다. 머물렀던 이들의 난 자리는 어떤 것으로도 채워지지가 않았다. 결국 부모님은 허니문베이비를 갖게 된 동생의 아파트 옆으로 거처를 옮기고자 하셨고 30년 가까이 살았던 여섯 식구의 집은 이제 우리 집이 아닌 것이 되었다.

새로 이사 가는 아파트는 이전 우리 집에 비해 훨씬 적은 평수였기 때문에 많은 것들을 버렸다. 아직도 또렷하게 기억한다. 나와 함께 30년을 살아온 옷장과 침대, 의자와 책상이 건물 앞에 덩그러니 서 있던 모습을. 내가 그 안에 어떤 비밀들을 감춰왔는지 그들과 나만 아는데 하는 생각에 눈물이 났다. 그렇게 대낮에 한 집과의 이별 이후 내 삶은 또 전혀 다른 방식으로 흘러 갔다.

서울 개포동에서 경기도 평촌으로 나와 부모님, 우리 세 식구는 이동했다. 우리가 이사한 곳은 동생네 부부가 신접살림을 차린 아파트의 바로 옆 동. 심지어 부모님은 곧 태어날 조카의 동선을 고려해 1층 집을 구하셨다. 동생은 첫 조카를 순산한 이후 연년생으로 둘째를 낳았고 동생 부부와 두 명의 조카까지 4인 가족은 우리 세 식구와 한집처럼 살았다. 우리 집에서 아침을 먹으면 저녁은 동생네 집에서 먹거나 하는 식으로 공동 식사와 육아가 이루어졌고, 아파트 사이에 놓인 놀이터에서 아이들이 계절을 통과하며 커갈수록 활기는 더욱 빠르게 채워졌다. 어른들이 보지 못하는 것들을 찾아내고 반응하는 아이들의 기막힌 관찰력은 그것을 지켜보는 어른들에겐 어마어마하게 흐뭇한 풍경이었다. 나 역시 쉬는 주말은 온전히 두 명의 조카들이 커가는 놀라운 광경을 지켜보는 데 사용했다. 그렇게 다시 한번, 대가족의 삶은 재구성되었다.

이상하고 놀라웠다. 인간의 삶이 갖는 신묘한 연속성을 길지 않은 시간 안에 체험하는 일이 오고 갔다. 어떤 측면에서 할머니, 할아버지와 두 조카는 비슷하게 느껴지는 부분이 많았다. 눈물과 웃음이 많았고 먹고 자고 싸는 기본적인 인간의 행위만으로도 가족들에게 기쁨과 걱정을 안기는 존재들이었다. 나는 그들을 바라보며 많이 울었고 많이 웃었다. 어쩌면 내 삶에서 가족이라는 부분이 이렇게 크게, 오래 자리하고 있는 것은 그들을 조금이라도 닮아가던 짧은 시간들의 뭉치 때문이지 않을까 하는 생각을 지금도 종종 한다.

그렇지만 다시금 구성된 대가족의 삶은 영원하지 않았다. 부모님은 오랜 숙원이었던 전원주택을 짓는 일에 속도를 내셨고 경기도 양평 인근으로 두 분만의 공간을 만들어 떠나셨다. 산으로 둘러싸인 작고 예쁜 집에서 두 분은 자연과 함께하는 삶을 택하셨다. 집 앞 텃밭(이라기엔 비닐하우스지만)까지 손수 만든 정성으로 가득한 공간에서 땀 흘리고 별을 보고 나쁜 소리 없이 좋은 공기 속에서 사는 삶은 옆에서 지켜보기만 해도 아름답다.

덕분에 나 역시 서른여덟이라는 원숙(?)한 나이에 생애 최초로 독립생활을 시작할 수밖에 없었다. 동생네 가족에 얹혀 살기도, 부모님을 따라 경기도 양평으로 가기도 답이 아니어서 꽤 공들여 홀로 살 첫 집을 고르고 또 골랐다. 틈이 날 때마다 스마트폰 앱으로 사무실 인근의 집들을 찾아보았고 실제로 방문해서 공간의 공기들을 느껴보기도 했다. 처음인 일들은 늘 설렘을 주는 동시에 스스로를 바보처럼 만들곤 한다.

정말 마음에 드는 집을 만나 반전세로 계약을 했다. 20년 전에 지어진 건물은 고풍스러운 디근자 구조의 스튜디오 같은 구조였다. 바닥은 대리석, 벽은 적벽돌, 천장은 나무였다. 방 하나, 거실 하나로 나 같은 싱글이 살기엔 더없이 적절한 구조였고, 나는 결국 적금을 깨서 인테리어 공사까지 마친 상태로 나의 첫 집에 입성했다.

　나중에 알게 된 일이지만 나의 첫 집은 10년 넘게 지지부진한 재개발 사업의 복판에 위치해 있었고 운이 나쁘게도 내가 입주한 이후 거북이 같던 재개발 사업은 먹이를 발견한 악어처럼 속도를 냈다. 계약서에 작게도 써 있던 '이 집은 재개발 구역 안에 위치함'이란 문구가 이런 후폭풍을 몰고 올지 초보 세입자는 몰라도 너무 몰랐다. 이 슬픈 이야기는 이후 점점 더 슬퍼진다.

　입주 후 한 달여는 공간을 꾸미고 채우느라 정신없는 시간이었다. 부지런히 취향을 전시하기 시작했고 매일 집만 꾸며도 좋겠다는 생각을 할 정도로 신이 나서 공간을 채워갔다. 이사 시점이 때마침 바람 좋은 초가을이어서, 창문을 활짝 열어놓고 커피를 내리고 비싼 룸스프레이를 여기저기 뿌려놓고 새로 산 로브를 입고 약간 정신이 반쯤 나간 상태로 집인지 휴양지인지 모를 스스로의 무드를 즐겼다.

이상하게도 아무도 보지 않지만 그렇다고 머리에 새 집을 짓거나 어제 입은 옷을 또 입는 추리닝적(?)인 삶을 살지는 않았다. 외려 집의 분위기를 깰까 봐 생수통의 라벨을 일일이 뜯어놓는 번거로운 행위도 마다않고 해냈다. 부모님과 동생네에서는 혼자 사는 게 외롭지 않느냐고 안부를 물어왔지만 당시엔 외로움을 느낄 틈도 없었기에 좋다, 다 좋다, 라고 대답했고 놀이동산 야간 개장을 찾는 것 같은 마음으로 매일 서둘러 귀가했다. 그런데 석 달쯤 지나고 나니 야간 개장 놀이공원 한복판에 있는데 그게 찾아왔다. 외로움.

집은 내 취향에 꼭 맞게 아름답고 근사했지만 이상하게 온기가 느껴지지 않았다. 깊은 밤 홀로 깨면 어떤 소리도 들리지 않았고 가끔은 무섭기까지 했다. 지척에 사람의 숨소리를 두고 30년을 넘게 살아왔는데 홀로 사는 석 달 동안 나는 텔레비전 소리로 연명하고 있었던 거다.

외로움이라는 게 찾아오기 전엔 남의 일일 뿐이지만

한 번 문을 열어주면 경우가 달라진다. 그 녀석은 눈에 보이지 않고 미묘한 잡음을 내는 조그마한 파리처럼 집의 분위기를 바꿔버렸다. 뭔가 웽웽거리는데 찾을 수도 없고, 소리가 잦아든 것 같아 침대에 누우면 또 다시 외로움이 시작되었다.

불과 석 달 만에 나는 외로움에 완전히 져버렸다. 부모님, 조카들과 나누는 퇴근 후의 짧은 영상통화가 유일한 위로였고, 통화가 끝나면 다시 파리를 찾아 짜증으로 밤을 지새는 초보 싱글족으로 어둡고 긴 밤을 보냈으니 말이다. 어쩌면 외로움은 두려움의 다른 이름이었다. 영화 〈브리짓 존스의 일기〉에서 이렇게 살다 간 죽으면 아무도 모를 것이고 심지어 키우던 개에게 변고를 당할지도 모른다는 싱글족 브리짓의 불안과 강박이 더 이상 조금도 웃기지 않았다. 혼자 잘 살아가기 위해선 이 외로움을 좀 덜 차갑게 느끼게 해줄 온기를 집 안으로 하루빨리 불러들여야 했다.

식물의 습기

시작은 늘 약소하지만 그 끝, 아니 아직 끝은 모르
니까 중간, 아니다, 이게 어디쯤일지 감히 짐작할 수나
있겠는가, 그냥 무한히 진행 중인 이 난데없는 애정과
집착의 영역은 끝을 모르고도 이미 창대하다.

집의 온기를 찾기 위한 고민은 일단 나의 첫 독립 집
인 지어진 지 20년도 넘은 구옥, 그 안에 오래도 살았
던 기계들과의 싸움으로 시작되었다. (아주 어렸을 때
부터 나는 기계가 무서웠고, 기계로부터 웬지 모를 미움

을 받았다. 유년기에는 무엇을 잘못했는지 모르겠지만 컴퓨터를 홀랑 태워먹은 적도 있다.) 새집인 헌 집에 들어오고 나서는 매일이 일렉트로닉 쇼크였다고 해도 과언이 아니다. 구옥과 더없이 잘 어울리는 빈티지 보일러는 하루가 멀다 하고 삐걱거렸고 색깔이 불분명한 배수관들은 끙끙거리며 힘겹게 물을 날랐다. 나는 여름에도 에어컨을 틀어놓고 뜨거운 물로 샤워를 해야 하고 설거지 역시 무조건 뜨거운 물로 빡빡 씻어내야 직성이 풀리는 성격인데, 보일러도 배수관도 나를 도와주지 않았다. 맞다. 인테리어에만 몰빵한 내 잘못이라 누구한테 뭐라 할 말이 별로 없기도 했다. 여하튼 이사 후 곧 맞이하게 된 한겨울 혹한의 시간을 아직 잊지 못한다. 온도가 조금이라도 내려가면 어김없이 동파에 걸려버리는 집에서 찬물로 머리를 감고 덜덜 떨며 집을 나서던 그 겨울의 분노를 아직 기억한다. 아파트를 부르짖는 이들에게 처음으로 크게 공감했던 것 같다. 보일러에 스웨터를 덮어주면서.

구옥에 사는 이들에게 집수리는 끝도 없이 이어지는 일상이다. 그리고 아파트와는 다르게 관리사무소도 없고 주민간의 연대도 없다. 집주인과 티격태격하고 스스로를 다독이고 배워가면서 집 안의 사소하지만 불편한 것들을 정리했다. 기계치인 내가 배수관, 보일러, 계량기 같은 평소에는 거들떠도 보지 않던 애들하고 놀다니 놀랄 노 자였다. 하지만 여전히 무언가 부족했다.

꾸준하게 눈길과 마음을 줄 무언가가.

이 결핍의 어떤 해소 방안은 어느 이른 퇴근길 지하철역 출구 앞에서 찾게 되었다. 이사 와 미처 찬찬히 살펴볼 겨를도 없이 바삐 스쳐 지나간 동네 가게들이 문득 궁금해졌다.

내가 사는 동네는 성북구 삼선동으로, 한성대학교 정문 근처가 우리 집이 위치한 곳이다. 역세권이라고 하기엔 좀 멀어서 10분 가까이 걸어야 하는데, 성북천을 따라 걷는 길이 좋아 산책할 맛이 나는 곳이다. 특히 봄철이면 성북천을 따라 나란히 서 있는 벚나무들이 만드는 체리블로섬 로드는 정말로 아름답다(이 점도 집을 선택한 큰 이유 중 하나였다). 스타벅스나 배스킨라빈스, 다이소와 맥도날드 같은 프랜차이즈들도 자리 잡고 있지만 작고 오래된 가게들이 옹기종기 붙어 있는 게 귀엽고 정겨운 상권이다.

삼선동 사거리 바로 건너편에 자리한 성북동은 유명한 제과점을 비롯, 맛집으로 불리는 유명 식당들이 많은 동네다. 도로 공사를 해서 인도도 넓어지고 뭔가 부의 냄새가 확 나는 성북동 거리에 비하면 한성대학교 학생들과 연극인들이 많이 거주한다는 우리 동네 삼선동은 좀 더 투박하고 들쑥날쑥하고 귀여운 느낌이다. 성북동에는 넓은 인도에 수많은 화분을 내어놓고 있는 꽃집들과 깔끔하게 인테리어를 한 꽃집들이 서너 군데 있는데 가끔 산책길에 그 가게들 앞에 한참 서서 식물과 꽃들을 쳐다보곤 했다.

삼선동의 꽃집들은 규모가 좀 더 작다. 지하철에서 내려 첫 식물 구매를 한 가게는 시골의 담배가게 마냥 아담한 규모인데 가게의 바깥쪽을 온통 식물로 뒤덮어

놓아서 건물 외벽이 쇼케이스처럼 보이는 곳이다. 그곳에서 처음 산 식물은 율마였고 이후 틸란드시아, 수선화, 히아신스 등을 사서 날랐다. 현금 결제만 가능한 곳이고 사장님은 맘씨 좋게도 단골 하라며 종종 가격을 깎아주셨다. 지금 우리 집 화분 중 5분의 1 정도가 이 가게에서 온 친구들이다.

시작은 그냥 퇴근이 이른 날이나 주말에 산책하다가 충동적으로 하는 기분 전환용 식물 쇼핑 정도였다. 그런데 고기도 먹어본 사람이 잘 먹는다고 집 안에 식물을 자꾸 들이게 되니 점차 욕심이 생겼다. 인스타그램에 올라와 있는 식물 사진들을 유심히 보게 되었고 트위터의 '식물 덕후' 분들과도 소통을 시작했다! 서점에서도 식물 관련 책들에만 눈이 갔다. 그러다 보니 작은 동네 가게에서는 살 수 없는 식물들에 자꾸 마음이 갔다. 심지어 식물뿐만 아니라 생화에도 관심이 생겨서, 생화 위주로 파는 동네 꽃집 한 곳을 또 단골 가게로 삼았다. 퇴근이 이르면 서둘러 귀가해 두 단골 가게에서 구매를 반복했고, 한 손엔 식물 화분이 담긴 검은 봉지를 들고 한 팔엔 서너 송이 꽃이 담긴 꽃다발을 들고 귀가하면 그렇게 행복할 수가 없었다.

나는 빠른 속도로 고기 좀 먹어본 사람으로 변하고 있었다. 나의 식물성 육욕이 검색이라는 정보 폭탄과 만나면서 나는 더 많은 식물이 갖고 싶어졌고 더 많은 생화를 사서 집 곳곳에 꽂아두고 싶어졌다.

혼자 살기에 나의 이런 욕망을 저지할 사람은 없었고 남대문 꽃시장과 종로 꽃시장, 심지어 집에서는 꽤 먼 거리의 고속터미널 꽃시장에 새벽에 택시를 타고 가는 일도 생겨버렸다.

꽃시장에 가본 사람은 알겠지만 그곳은, 신세계다. 어마어마한 양의 꽃들이 있고, 꽃 소매상들이 마치 해산물 경매하듯 꽃을 구매한다. 처음 꽃시장에 방문했을 때 어수룩한 태도로 인파에 휩쓸려 다니던 나도 여러 번 가다 보니 웬만한 꽃의 이름은 알게 되었고 꽃가게 하는 아저씨처럼 보일 수 있는 거래 팁도 좀 알게 되었다.

그 팁이 뭐냐 하면 일단 꽃의 이름과 특성을 알고 있는 것. "저게 무슨 꽃이에요?"라는 아주 초보적인 질문에서, "작약은 단에 어떻게 해요?" 하는 중급 질문, 그리고 "코랄 작약 있나요?"라는 좀 더 발전한 질문까지 가는 데 몇 개월 정도 걸린 것 같다. 이제 남대문 꽃시장의 경우에는 두어 군데의 단골집이 생겨서 주인분들께서 알아서 가격도 깎아주시고 때마다 좋은 꽃도 권해주시곤 한다.

우리가 꽃가게에서 사는 화분에 담기지 않은, 뿌리가 없는 생화들은 잘린 꽃, 절화라고 한다. 동네 꽃가게에선 활짝 핀 꽃들이 꽃다발용으로 예쁘기 때문에 인기가 많지만 도매에선 사정이 좀 다르다. 오래 볼 수 있는 덜 핀 꽃들에 대한 선호가 높아서 "다 핀 애들은 금방 지니까, 저 활짝 핀 애는 그냥 가져가"라면서 단골가게에서 활짝 핀 꽃단을 서비스로 주시는 경우도 종종 있다. 근데 그게 좀 슬픈 마음이 들었다. 활짝 핀 다음에 사라져버리는 아름다움에 대해서 꽃을 안고 집에 돌아오는 길에 생각했다. 절정의 아름다움을 보여주는 절화들의 삶에 대해 생각해보니 마음이 좀 아렸다.

사실 집을 꽃으로 꾸민다는 건 엄청나게 번거로운 일이다. 일단 꽃시장에서 사는 꽃들은 대부분 한 단에 열 송이고 네다섯 단을 산다고 생각하면 40~50송이의 꽃들을 집으로 가져와서 '정리'를 해야 한다. 동네 꽃집에서는 이미 정리를 마친 단정한 꽃들을 사고파는 것이기 때문에 티가 나지 않지만 꽃시장에서 사온 꽃들은 가시부터 잎까지 꽃을 꽂자면 할 일이 한두 가지가 아닌 상태다. 마치 손질하지 않은 생선처럼 꽃 초보들에겐 엄두가 안 나는 요리 재료인 것이다. 장미는 가시가 너무 많고 작약은 잎이 너무 많다. 그렇게 꽃을 사고 정리하다 보면 하루가 다 간다. 왕복 두어 시간의 꽃 구매와 서너 시간의 꽃 정리, 또 한두 시간의 꽃꽂이를 하며 해가 뜨고 지는 광경도 본 것 같다. 그럴 때마다 나는 왜 이 손이 더럽게 많이 가는 아름다움에 넋을 놓고 있는가 하고 자책하다가도 아침에 일어나 활

짝 핀 꽃과 마주할 때마다 무너졌다.

꽃과 식물의 매력은 조금 다른데 전자가 번뜩이는 아이디어를 지닌 매력적인 거래처 사람 같다면 식물은 성실하고 믿음직스러운 직장 동료 같다. 뭔 말인가 싶겠지만 둘을 함께 키우는 사람들이라면 공감할 수도 있을 것 같다. 아무리 사랑해도 꽃은 늘 떠나고, 식물은 곁에 있는지 잘 모르지만 어느새 잎을 피운다.

나는 극과 극의 이 습기와 사랑에 빠졌고 여전히 그 사랑은 진행 중이다. 수많은 송이들을 떠나보냈으며, 분갈이를 세 번이나 해서 이제는 어엿한 성인이 된 화분 어른 두어 분과는 여전히 잘 살고 있다. 일주일에 한 번은 화분 친구들을 모두 욕조에 넣고 듬뿍 물을 주며 한 달에 한 번 정도는 꽃시장에 들러 과하지 않은 정도의 생화 구매를 한다.

독립 후 식물과 꽃이 나에게 어떤 영향을 주었냐고 하면 아직은 잘 모르겠다. 다만 밥을 먹고 화장실에 가고 잠을 청하는 것처럼 식물에 물을 주고 잎을 보고 꽂힌 꽃의 무른 줄기를 자르는 일들이 일상의 루틴이 되면서 나는 조금 더 건강해졌다. 마치 몸에 수분을 공급하는 것처럼.

고양이라는
필살기

이 글을 쓰기 시작한 지금도 옥희는 내 다리 사이를 영문 S자로 여러 번 가로지르며 자신의 몸을 비비고 있다. 움직임을 반복하는 속도가 일정하고 책상에 앉기 전 열심히 빗어준 덕에 다리에 닿는 등의 털은 부드럽다. 잠깐 하던 걸 멈추고 쓰다듬어주면 눈을 감고 그르릉거리며 특유의 소리로 답을 한다. 이렇게 같은 공간에서 눈길과 손길을 보내면 옥희는 아주 졸리지 않은 이상 내가 집에 있을 때 곁을 떠나지 않는다. 가끔은 앉아 있는 의자 위로 뛰어올라 어떻게든 자신의 몸을 구부려 좁은 다리 사이 공간에 스스로를 누이고 잠깐 잠을 청할 때도 있고, 취침 시간에도 침대에 누운 내 다리 사이 공간으로 파고들어 함께 잠을 자는 걸 좋아한다. 아니 근데 팔이나 허리나 여러 신체 부위 중에 유독 왜 그리 다리 사이를 좋아하는지는 여전히 미스테리다.

진명현

옥희보다 6개월 정도 늦게 태어난 옥희 여동생 덕희는 낮에는 잘 보이질 않는다. 누구 눈에 안 띄게 숨어서 자는 걸 좋아하는 녀석인데 좋아하는 맛 츄르를 뜯어 거실 바닥에 뿌리지 않는 한 나타나지 않는다. 그렇게 조심스러운 고양이치고는 깊은 잠을 자는 스타일이다. 제일 좋아하는 장난감을 들고 덕희가 자는 것으로 추정되는 장소 근처로 가서 마치 무당이 굿을 할 때처럼 흔들어대야 냥기척을 내며 슬그머니 아무 일 없었다는 듯 기어 나온다. 물론 야행성 육식동물답게 저녁을 차릴 때는 어김없이 애옹거리며 부엌에 등장한다. 특히 고기나 생선을 구울라치면 쉬지도 않고 애옹거리는 덕희는 고인 물은 마시지 않는다. 냉장고 위에서 요리하는 걸 지켜보다가 싱크대로 가서 똑똑 떨어지는 물방울을 핥짝거리며 마시는 덕희는 지금은 또 집 안 어딘가에서 숙면 중인 것 같다.

낯가림이 없어 택배 아저씨에게도 꾹꾹이를 하는 친인간형 관종 고양이인 옥희와, 문밖에 낯선 사람 소리만 나도 냉장고 위나 침대 밑에 들어가 몇 시간을 버티고 나오지 않는 인간기피 은둔형 덕희. 옥희와 덕희라는 이름을 지어준 이 두 마리 고양이는 나와 한 밥상에서 같이 밥을 먹지는 않지만(몇 번 그럴 뻔했으나 온 힘을 다해 내가 막았다) 밤늦은 시간, 지친 하루를 보내고 집으로 돌아왔을 때 가장 먼저 나를 반겨주는 나의 가족이다.

집 안이 식물들로 작은 아마존을 이루며(불과 6개월여 만에 한 개였던 화분은 수경 재배를 포함 40~50여 개가 되었다……) 대체적으로 실내 공기가 과습 상태를 유지하고 거의 매 주말 분갈이와 잎 정리, 물 주기, 영양제 주기 등 식물 덕후로서의 과업들이 일상이 되어가던 어느 날, 아마 장마가 시작된 여름이었던 것 같다. 비는 추적추적 내리고 식물들은 태양 빛이 요원하던 그날 밤, 잠을 청하려고 누워 있는데 집 밖에서 나는 빗소리 말고 다른 소리 하나가 귀를 찌를 정도로 크게 들렸다. 아기 고양이인지 아니면 발정기 상태인 암

컷 고양이인지 쏟아지는 빗소리를 뚫고 반복적으로 날카롭게 울어댔다. 자정이 넘은 시간이라 빗소리와 고양이 소리만이 오롯이 울려 퍼지는데 한 시간이 지나도 둘의 합주는 멈추지 않았다. 덜컥 걱정이 되기 시작했다. 혹시 어두운 빗길에 사고를 당해 저렇게 아프고 서럽게 울고 있는 건 아닐까 하는 생각에 자려던 몸을 일으켜 우산을 들고 밖으로 나가보았다. 그런데 억수로 내리는 빗소리 사이에 쟁쟁하던 고양이 소리는 내가 찾기 시작하자 멈추어버렸다. 몇 분여를 소리를 찾기 위해 집 앞을 서성였지만 멈추어진 소리는 다시 들리지 않았다. 집으로 다시 들어와 침대에 누웠지만 잠이 오질 않았다. 고양이의 소리와 그 소리 안에 있던 고양이의 감정과 상태에 대해 밤새도록 생각했던 것 같다.

사실 그 일이 있었던 즈음 나는 주변에 반려동물을 키우는 친구들에게 고양이와 함께 사는 일의 장단점에 대해 묻고 있었다. 식물에 이어 고양이까지, 독신 생활

자들 사이에 '힙'하다는 건 다 해봐야겠다 이런 마음은 아니었고 집 근처에서 본 얼룩무늬 고양이의 강렬한 인상 때문이었다.

여름날 눈물과 콧물과 침이 범벅이 되어 눈도 제대로 뜨지 못하고 쓰레기봉투 주변을 뒤지던 작고 마른 고양이. 마주치자마자 병원으로 데려가야 하는 건 아닐까 싶을 정도로 좋지 않은 상태였던 그 고양이에게 나는 그저 닭가슴살 캔 하나를 뜯어주고 종이컵에 생수를 따라주는 정도밖에 하지 못했다. 워낙 예민한 상태여서 혹여나 나를 공격하지 않을까 조금 무섭기도 했던 것 같다. 먹을 것을 앞에 놔주고 멀찌감치 떨어져서 잘 먹는지를 지켜봤다. 한참을 경계하던 고양이는 허겁지겁 캔을 먹기 시작했고 안도하며 그 모습을 지켜봤다. 일주일에 한두 번은 집 앞에서 만나던 고양이를 언제부터인가 볼 수 없었다. 이 동네를 떠난 걸지도 모르는 일이었지만 여러모로 걱정이 되었다. 병원에 데려갔어야 했는데 하며 자책을 했다.

그러고 나서 생각해보니 적어도 나는 생명이 길에서

죽는 걸 막을 수도 있는 사람이었다. 걸림돌이 될 만한 다른 이유들은 더 이상 중요치 않게 느껴졌다. 다리를 저는 유기묘 옥희를 먼저 입양하고, 뒤이어 혼자 있는 걸 못 견디는 덕희를 둘째로 입양했다. 덕희는 고양이 카페에서 보고 이메일을 보내 데려왔는데, 어느 집 창고에서 태어난 7남매 중 한 마리였다. 미혼의 독신 남자라는, 입양자 선호도에서 최악의 조건에도 불구하고, 옥희와 함께한 화려한 사진들 덕에 최종 입양자가 될 수 있었다.

처음 '독립'이라는 것을 해서 생긴 나의 집은 어쩌면 실수였을지 모른다. 부동산에 빠삭한 사람이라면 그런 집은 계약하는 게 아니라고 나를 꾸짖었을 것이다. 계약상 이 지역의 재개발이 시작되면, 나는 언제든지 집을 비워줘야 하기 때문이다. 법이 그렇다. 엘리베이터가 없어서 떠났다고 생각한 이전 세입자는 이걸 알았을까? 그래서 서둘러 떠났던 걸까? 아무튼 계약할 때까지 이 불안정한 상황에 대해 구체적으로 알려준 사람은 없었다. 그래서 이 독특하고 아름다운 집이 내 차지가 된 것일지도 몰랐다. 나는 언제든지 내쫓길 수 있다는 처지도 모른 채, 눈에 보이는 집의 느낌과 비용만을 보고 이 집에 살게 되었다. 오래 지지부진하던 재개발 사업에 박차가 가해지는 것을 보며 처음에는 상심했고, 그 후에는 걱정하다가 그것도 일상이 되자 점점 안중에서 사라졌다. 때가 되면 연락이 오겠지 하며 될 대로 되라는 심정으로 살았다. 다행스럽게도 2년이 흐르는 동안 그때가 오지는 않았지만 언제까지 운에 기대서 살 수는 없는 상황이다.

그럼에도 이 집이 내게 가장 값진 경험을 준 것은 더 말할 필요가 없을 것 같다. 나는 이 집에서 대가족의 삶을 떠나 혼자 사는 경험을 해보았다. 내가 어떻게 살아가는 사람인지, 어떤 환경에서 편안함을 느끼는지, 어떤 일상을 원하는지 집을 통해 묻고 답하는 시간이었다.

이 집에서의 경험으로, 서울을 떠나 다른 곳에서 살고 싶다는 생각도 든다. 트럭 하나에 모든 짐을 싣고 바닷가가 보이는 작은 아파트로 가는 상상을 한다. 어디든 고양이 두 마리와 식물들이 있다면 그곳이 내 집이 될 것이기에.

하지만 우린 아직 이 집에서 함께 산다. 온기와 습기 그리고 말로 설명할 수 없는 오고 가는 애정들을 느끼면서.

S 003

집다운 집

1판 1쇄 인쇄 2019년 10월 24일
1판 1쇄 발행 2019년 10월 30일

지은이 송멜로디·요나·무과수·진명현
펴낸이 김영곤
펴낸곳 아르테

문학사업본부 이사 신우섭
문학사업본부 본부장 원미선
문학콘텐츠팀 이정미 허문선 김혜영 김지현 김연수 | 이상희
문학마케팅팀 민안기 조윤선 배한진
문학영업팀 김한성 이광호 오서영
제작팀장 이영민

출판등록 2000년 5월 6일 제406-2003-061호
주소 (우 10881) 경기도 파주시 회동길 201(문발동)
대표전화 031-955-2100   팩스 031-955-2151

ISBN 978-89-509-8396-3 (04810)
        978-89-509-7924-9 세트